Un kilomètre

© 2022 Albertine Herrero
Édition : BoD – Books on Demand, info@bod.fr

Impression : Bod – Books on Demand, In de Tarpen 42, Norderstedt (Allemagne)

Impression à la demande
ISNB : 978-2-3224-5866-0

Dépôt légal : novembre 2022

Albertine Herrero

Un kilomètre

roman

Chapitre 1

À l'issue de la crise du coronavirus – cette maladie qui avait tenu les gens enfermés chez eux pendant des mois dans le but d'éviter les contaminations par contact – les dirigeants de tous les pays du monde étaient, sans doute pour la première fois de l'histoire de l'humanité, tombés d'accord sur un point : le confinement des habitants avait été une expérience étonnamment positive. On avait bien essayé à la fin de l'année 2020, puis au cours des années 2021 et 2022, de redonner aux gens leur liberté, mais l'échec avait été flagrant. Les centres de vaccination coûtaient cher. Certaines personnes portaient mal, ou de mauvaise grâce, le masque supposé éviter la dispersion de leurs virus salivaires. D'autres ne voulaient pas comprendre qu'elles avaient le droit de sortir travailler et consommer dans les magasins, mais pas franchement celui d'aller manifester contre la pollution, le retour du nucléaire, les réformes des retraites, la 5G et les décisions du gouvernement. Des artistes râlaient que la culture avait été sacrifiée et voulaient retrouver une place qu'on était bien contents d'avoir réussi à leur enlever. Même la réouverture enfin votée des bars, et la mise en place d'une coupe du monde de foot tous les trois mois, n'avaient pas complètement déridé les contestataires, les pisse-vinaigre et les pisse-froid.

Décidé à contrecœur pour des raisons sanitaires, le confinement se révélait être une solution aux maux du monde. Non seulement les gens, qui avaient éliminé de leur vie embrassades, accolades et postillons, n'attrapaient plus le virus, mais encore, ils ne se tuaient plus sur les routes, ne se tapaient plus dessus le 14 juillet et le 31 décembre, ne se querellaient plus devant un verre au comptoir et ne tombaient même plus malades de rien du tout tant ils avaient peur d'aller à l'hôpital. En outre, depuis des années, des scientifiques criaient que le réchauffement climatique entraînerait à plus ou moins brève échéance le dégel du permafrost et libérerait ainsi de leur cage de glace, de nombreux virus, anciens et mal connus, qui feraient de l'humanité la proie de pandémies sans fin. Puisque les virus tueurs devaient se succéder, autant prendre les devants et rester confinés. On endormit donc les vaccins, et du même coup la contestation anti-vax. On dédommagea les laboratoires pharmaceutiques qui s'orientèrent fissa vers un développement à grande échelle des anti-dépresseurs, des anti-insomnies, des anti-ennui, des anti-noirceur, des anti-muscleflasques et des anti-graissentrop.

Au début de cette décision mondiale, des voix avaient bien essayé de hurler au meurtre économique : des restaurateurs s'étaient suicidés, des acteurs au chômage avaient rendu fous leurs voisins en déclamant des tirades qui n'attendaient plus de réponses sur leurs balcons, et les coiffeurs torturaient leurs chiens par des teintures et des shampooings sans fin. Assez vite pourtant, il était apparu qu'on pouvait compenser la baisse du commerce et la chute des ventes d'automobiles, désormais inutiles. Alors que certaines entreprises étaient ruinées, d'autres se révélaient florissantes. Les commandes de matériel informatique explosaient, les concepteurs de réalités virtuelles s'enrichissaient, le nombre des livreurs et des chauffeurs routiers, restés seuls maîtres des routes, augmentait sans cesse, et des petits malins vous vendaient sur Internet des régimes, des conseils et des tutos pour s'épanouir entre quatre murs.

Le vieux business se portait mal mais un autre business régnait déjà. L'argent est mort ? Vive l'argent ! De plus, si la situation continuait, les

États pouvaient espérer faire des économies plus grandes qu'ils n'en avaient jamais rêvé : plus de casse de mobilier urbain dans les manifestations qui resteraient toutes interdites, ni de fêtes populaires et coûteuses pour les pouvoirs publics comme la fête de la musique. Les écoles qu'on avait fermées, puis rouvertes, puis refermées, étaient définitivement closes. Plus d'établissements scolaires à construire ni à entretenir, plus d'agents municipaux affectés à la sécurité des passages cloutés à 8 heures et à 16 heures. Les factures fondaient et les finances des collectivités locales souriaient. Quant aux profs qui pesaient lourdement sur le budget national, leur nombre avait été largement divisé par deux ou par trois quand ceux-ci avaient pu dispenser leur savoir, non plus en chair et en os devant leurs élèves, mais par écran interposé, à cinquante adolescents comme à cinq cents, indifféremment.

Le confinement éliminait d'un coup le gaspillage, les grévistes et la contestation. Les parents d'Armelle étaient professeurs de mathématiques. Quand le virus se fit moins menaçant à partir de l'automne 2020, ils retrouvèrent leurs élèves et le chemin de leur lycée. En même temps que se remplissaient de nouveau les salles des profs, ressurgirent les frémissements de revendications syndicales. On réclamait plus de moyens, plus d'heures de soutien, plus de masques, plus d'infirmières, moins d'enfants par classe, de meilleurs salaires. Tout ça devenait déplaisant. C'est ainsi qu'il fut décidé au retour des vacances d'hiver de février 2023, que les enseignants, râleurs, gauchistes et fainéants, exerceraient de nouveau leur métier à distance. Il devenait alors logique qu'un seul des deux parents d'Armelle conserve son emploi, ou alors qu'ils travaillent tous les deux, mais à mi-temps. Dans tous les cas on leur annonça qu'un seul salaire leur serait désormais versé. N'allaient-ils pas d'ailleurs économiser sur la voiture, l'essence et les vacances en restant chez eux ? Le confinement offrait du temps libre, réduisait l'aliénation des travailleurs et luttait contre la société de consommation. La nouvelle du reconfinement perpétuel – ainsi vendu comme porteur d'idéal et d'avenir meilleur – fit assez peu de bruit. Après plusieurs mois, les habitants du monde avaient pris le pli, et surtout, ils avaient peur de la maladie. On avait logé, ou du moins caché, parfois dans des établissements scolaires désaffectés, tous les sans-abris. On se félicitait de la baisse des émissions de gaz à effet de serre. Les véhicules thermiques ne roulaient plus et les bateaux de plaisance amarrés sans espoir de voguer, ne déversaient plus leurs poubelles à la mer. Les oiseaux étaient revenus dans les villes et des graminées vivaces poussaient entre les pavés que plus personne ne songeait à lancer sur les policiers. Les écologistes constataient l'amélioration significative de la qualité de l'air. Les économistes se félicitaient du profitable développement des nouvelles technologies qu'aucune grève ne bridait. En politique, la droite et la gauche, enfin, s'aimaient.

Chapitre 2

Quand le confinement devint permanent, au début du mois de mars 2023, les parents d'Armelle s'installèrent en Vendée dans une barre d'immeubles en bord de mer. Tous ceux qui l'avaient pu s'étaient déjà retranchés dans des maisons avec jardins. Les autres, qui vivaient dans un habitat collectif et qui n'avaient pas les moyens de déménager, étaient restés chez eux, profitant pour les plus chanceux de balcons qui constituaient – avec la télé, les réseaux sociaux et le supermarché une fois par semaine – leur ouverture sur le monde.

L'appartement choisi par les parents d'Armelle en bord de mer n'avait pas de terrain, ni privé ni partagé. Ils avaient pu l'acheter pour rien. Pas le moindre petit lopin dans lequel courir en rond et jouer aux boules. On ne pouvait installer ni balançoires ni chaises longues. Les vacances n'avaient plus de sens, et le grand ensemble, autrefois prospère, de résidences secondaires fut déserté faute d'offrir à ses habitants un carré de pelouse et un potager. Ce fut même la station balnéaire toute entière qui se vida des retraités aisés qui aimaient y séjourner au moins la moitié de l'année. Passer l'hiver à la mer inquiétait, mais plus encore, alors que tout le monde devait s'isoler, la peur de mourir seul sans un voisin pour s'alarmer d'un volet qui n'aurait pas été ouvert un matin, terrifiait. Les lotissements en banlieue des villes, avec leur agaçante uniformité et leurs nuisances venues de la haie mitoyenne, furent plébiscités.

La famille d'Armelle avait décidé qu'elle se suffirait à elle-même. Il faudrait partager : Armelle qui venait d'avoir treize ans dormirait dans la même chambre que ses deux jeunes frères de cinq et neuf ans. La petitesse du logement serait compensée par la fenêtre ouverte sur l'immense océan. La mère d'Armelle disait que cette fenêtre était ce qu'ils avaient de plus précieux car elle leur permettait de rester conscients de l'existence de la planète. A l'extrémité ouest de l'appartement commençait l'espace visiblement sans fin qui manquait à tous. L'appartement, en rez-de-chaussée légèrement surélevé, construit pour accueillir avec plus d'efficacité que de charme des vagues de vacanciers, était un rectangle orienté dans sa longueur d'Est en Ouest et constitué de pièces en enfilade. A l'Est les deux chambres, la salle de bains et les toilettes se succédaient, desservies par un couloir étroit. Plein Ouest, le salon-cuisine occupait plus de la moitié du logement et donnait, par une baie vitrée, sur la terrasse. Rectangulaire elle aussi, cette terrasse n'était totalement ni dehors ni dedans. Par beau temps, située à une trentaine de mètres à peine des dunes et de la plage, elle baignait dans l'air marin. Quand il pleuvait, on la fermait par des panneaux de verre coulissants, parfois perméables aux plus fortes rafales. Elle offrait ainsi au spectateur armé de seaux et de serpillières un abri, certes humide, mais assez confortable pour observer les gouttes d'eau, la mer sombre et le ciel aux innombrables dégradés de gris.

C'est aussi accoudé à la rambarde de la terrasse qu'on pouvait accrocher des bribes de vie sociale. La plage, interdite aux baigneurs, aux promeneurs, aux chiens et aux surfeurs n'était plus foulée que par quelques travailleurs qui portaient autour du cou une petite sacoche en plastique remplie de précieuses attestations, de laissez-passer, papiers d'identité et autres documents officiels autorisant leur présence sur les lieux.

Le métier de goémonier avait fait son retour dans la région. Des hommes dans la force de l'âge chargeaient dans leurs remorques des pelletées de goémon, ces algues abandonnées par la marée. Alors que les couches moyennes et supérieures de la société se numérisaient, on avait abandonné tout projet d'automatisation de cette tâche ingrate car la main d'œuvre locale, non qualifiée et bon marché, suffisait. La récolte, ainsi effectuée en bordure du continent par des parias oubliés de la modernité, servait de matière première à la fabrication d'engrais bio. L'entreprise chimique locale prospérait. Les goémoniers passaient sous la fenêtre en compagnie d'une population, très réduite mais plus variée, de personnes des deux sexes et de tous âges qui avait sollicité des autorités le droit de vivre de la pêche à pied. Anciens commerçants, vendeurs de frites et de chichis, loueurs de vélos et de rosalies[1], marchands de glaces et de cerfs-volants : la disparition du tourisme les avait laissés sans argent. Piétaille armée de seaux, de haveneaux et de râteaux, vêtus de shorts en été et de cuissardes en hiver, ils raclaient et grattaient le sable pour survivre.

(1) Voiturettes à pédales à l'allure rétro, louées à l'heure aux touristes

Penché par la fenêtre, Tarek le père d'Armelle hélait parfois une ancienne vendeuse de barbe à papa, pour une araignée de mer ou pour un saladier de pignons – ces petits coquillages pleins de sable qu'il fallait faire dégorger longtemps avant de les frire à l'ail. Parfois, il achetait une poignée de boucots[2] si petits qu'on les mangeait avec les pattes et la peau. Le père râlait bien un peu, maugréant qu'autrefois il serait sorti les pêcher lui-même pour rien, mais il les payait malgré tout, sans marchander, parce que leur goût d'iode au dîner serait un peu un goût de liberté, et parce que sa famille – avec son salaire unique mais régulier et l'appartement qu'elle possédait – restait privilégiée dans une région où trop de personnes s'appauvrissaient.

Sous la fenêtre passaient aussi des gendarmes. Lourdement bottés, armés, ces militaires circulaient à pied, à cheval, en voiture, à VTT et en hélicoptère. Ils se montraient plusieurs fois par jour. Ils n'attendaient pas une menace qui serait, comme au temps des guerres passées, venue du large. Le regard tourné vers l'intérieur des terres, ils surveillaient les maisons. Leur mission était de réprimer sévèrement tous les

(2) Petites crevettes grises

gens qui pourraient vouloir braver le confinement pour respirer le vent.

Cette époque aurait pu être l'époque de la perte du sens. Plus rien n'avait réellement d'importance. Les élèves des parents d'Armelle, bien que de plus en plus nombreux à être inscrits par le Ministère sur les listes de leurs classes virtuelles, étaient de moins en moins présents. Leurs questions se faisaient rares. Les devoirs n'étaient plus rendus. Les professions qui demandaient d'avoir étudié des maths ne faisaient plus rêver. Plus personne n'embauchait de jeunes ingénieurs pour construire des voitures ou des fusées. On avait aussi décidé en haut lieu que les statistiques sur la maladie, l'économie, la réussite scolaire des enfants et le pourcentage d'opinions favorables au gouvernement, ne seraient plus calculées par des statisticiens mathématiciens, mais par des statisticiens politiciens. Seuls les futurs informaticiens, les codeurs et une petite élite de scientifiques – indispensables à une société automatisée en télétravail – avaient encore un intérêt à suivre des cours de maths.

Armelle aussi, parfois se demandait, à quoi ses cours servaient. Ses frères apprenaient leurs leçons sans se poser de questions. Compter vite était pour eux une fierté, et lire, la preuve qu'ils grandissaient. Mais à treize ans, Armelle ne jugeait intéressants que les métiers qui pouvaient vous autoriser à sortir : maraîchers, agriculteurs, éboueurs, livreurs, caissiers, jardiniers, goémoniers. A quoi bon les figures de style, les développements-factorisations et les études de fonctions ? Ses parents pensaient que le choix du métier était sans lien avec la nécessité et le plaisir de se cultiver. Rien n'interdisait à un pêcheur de crevettes d'être poète, et la fenêtre ouverte sur la mer offrait chaque nuit mille raisons scintillantes de vouloir comprendre la physique et l'univers. Quatre jours par semaine étaient ainsi consacrés aux devoirs et au travail : le lundi, le mardi, le jeudi et le vendredi. La terrasse était la salle de classe et Armelle, quand elle levait le nez de son ordinateur et de ses cahiers, apercevait le fils du goémonier, qui marchait vers la plage ou qui en revenait, accompagnant son père dans ses corvées. Quelle chance il avait !

Pour Solange, la mère d'Armelle, garder un rythme était la seule façon de garder la tête à l'endroit et le seul remède contre l'intolérable boule d'angoisse qui se formait dans son ventre et remontait à sa gorge, menaçant de l'étouffer, quand elle pensait aux années à venir. Suivre l'emploi du temps à court terme scotché sur la porte du salon était ce qui la faisait tenir, heure par heure. Respecter les horaires devenait une mission, et l'accomplissement des tâches affichées, le seul réconfort à la fin d'une journée qui, sans ce but, n'aurait pas mérité d'être vécue. Pour différencier les jours, le mercredi était consacré à un cours en visioconférence de yoga le matin, et à plusieurs heures de dessin l'après-midi. Ostensiblement le week-end, on ne faisait rien, ou plutôt rien de prévu. Le temps passait à lire, à s'isoler au creux d'un fauteuil devenu forteresse. Tarek cherchait sur Internet des nouvelles que la situation changeait ou des indices que la Révolution couvait. Hélas le confinement était une réussite. Dix mille virus anciens et nouveaux guettaient les imprudents qui montreraient leur nez, et les portes closes déjouaient efficacement leurs plans. Le gouvernement se félicitait de la bonne santé des gens tout en agitant le spectre d'une rechute. Le monde guérissait grâce aux efforts constants. L'économie ressuscitait. Des héros émergeaient de l'enfermement : ceux qui limitaient leurs courses alimentaires en accommodant les restes, ceux qui acceptaient courageusement de laisser mourir seuls leurs vieux parents, ceux qui n'enterraient plus leurs morts et ceux qui dénonçaient les voisins de palier trop prompts à fraterniser. Il n'était pas rare que les garçons se tapent dessus, énervés par le huis clos et la promiscuité, mais le plus souvent la famille finissait par se rassembler, par se coller sur le canapé, comme pour se rassurer dans ce monde étrange où le dehors et l'autre finissaient par terrifier. Tous les jours en fin d'après-midi on profitait de l'heure de sortie autorisée aux abords de l'immeuble : un droit imité du premier confinement et reconduit provisoirement en attendant la démocratisation à tous les foyers des équipements de réalité virtuelle qui rendraient le dehors obsolète. Le front de mer était prohibé à la promenade, mais les parkings, déserts sur l'arrière, offraient un terrain de jeu acceptable pour les ballons, les rollers et les vélos, à condition d'accepter de tourner en rond.

Chapitre 3

En ce lundi 4 décembre 2023, Solange, la mère d'Armelle se creusait la tête afin de préserver, malgré l'enfermement, l'illusion de Noël. Hélias son fils cadet demandait chaque jour, moins naïf qu'angoissé :

« _ Il va passer le Père Noël même si les magasins de jouets sont fermés ?

_ Comme toujours mon amour.

_ Il est vieux et fragile, tu crois qu'il obtiendra une attestation de sortie ?

_ Inutile mon chéri : son traîneau est plus rapide que l'hélicoptère des gendarmes. Il vole même plus vite que les virus ! La preuve : on n'a jamais vu le covid faire le tour de la Terre en une nuit.

_ Et peut-être que les gendarmes n'arrêtent pas le Père Noël pour le laisser faire des cadeaux à leurs enfants ? Tu ne crois pas ? »

Ce lundi étant jour hebdomadaire de courses au supermarché, il fallait se préparer pour un retrait au Drive en toute sécurité : masque, visière, gants, gel désinfectant, bottes en plastique lessivables à la javel, vieux manteau bouilli et décoloré supportant des lavages à 60 degrés. Le coronavirus avait presque disparu mais d'autres agents infectieux attendaient, pour attaquer, que les humains baissent la garde. On le disait assez à la télé, et loin d'être levés, les protocoles sanitaires se renforçaient.

Alors que la mère s'équipait ainsi, Malo son dernier né lui fit sa plaisanterie préférée :

« _ Eh maman, tu vas dans la Lune ?

_ Oui et je te rapporterai...

_ Des poussières de chocolat !

_ Et...

_ Des astéroïdes au citron ! ... Et des hamburgers ! »

Solange sourit. Depuis dix mois le gouvernement n'avait pas réglé le problème de l'approvisionnement de la farine, de la levure et des pains hamburgers. L'industrie agro-alimentaire tournait à plein régime et ne déplorait aucune pénurie, mais l'offre de ces produits s'entêtait à rester insuffisante. Heureusement, à force de guetter en ligne et en temps réel, toutes les nuits, l'approvisionnement du supermarché, Solange réussissait chaque semaine à cliquer au bon moment sur un paquet de pains hamburgers – parfois carrés, parfois truffés de graines bizarres – et l'ajoutait à sa commande avant qu'il ne disparaisse de nouveau dans les limbes des produits indisponibles.

« Et des hamburgers ! ».

La sortie hebdomadaire au supermarché était à la fois une corvée et une aventure.

C'était une corvée parce que le temps autorisé dans les rayons était limité à une demi-heure, ce qui rendait impossible la tâche de remplir un caddie d'assez de nourriture pour rassasier une famille de cinq personnes pendant sept jours. Solange commandait donc le nécessaire au Drive. Sur le parking du magasin, une femme aux commandes derrière une vitre lui livrait ses achats par l'intermédiaire d'un chariot motorisé, télécommandé et désinfecté. Au tout début du dernier confinement – celui qui allait devenir permanent – le chariot, malaisé à guider, s'était renversé. Les deux femmes avaient commencé par râler pour finalement éclater de rire. Depuis, des techniciens, des ingénieurs, des hygiénistes et des médecins avaient stabilisé l'engin et fumé la vitre de séparation. Il paraît que les rires charriaient trop de postillons.

L'aventure, quant à elle, naissait de l'opportunité chaque semaine de sortir du cercle autorisé de rayon un kilomètre, réduit encore par le nombre des chemins interdits à la circulation de plages, de dunes et de forêts qui s'y trouvaient. Faire les courses offrait la possibilité de prendre la voiture, abandonnée les autres jours, et de rouler sur dix kilomètres au travers des marais. La lumière rasante sur les champs et les étiers, les grandes herbes, oubliées des faucheurs et agitées par le vent, les oiseaux sauvages et les troupeaux de vaches étaient devenus, ces derniers mois, un sommet de dépaysement.

« _ Je peux venir maman ?

_ Moi aussi ! S'il te plaît ! Qui nous verra ? »

Les parents, confrontés aux regards suppliants des deux garçons, se consultèrent en silence. Difficile de réagir à des demandes illégales mais légitimes et finalement inoffensives. L'éducation au bien et au mal, de plus en plus éloignée des intuitions et du naturel, était de moins en moins évidente à faire comprendre. Alors Solange avait fait ce qu'elle n'avait jamais eu envie de faire de sa vie : elle avait pris des libertés avec la légalité. Au début elle avait amené ses enfants au supermarché, argumentant qu'elle était mère célibataire et que laisser des enfants si jeunes seuls chez eux était trop dangereux. Mais les contrôles étaient progressivement devenus plus soupçonneux en même temps que la population du lieu – peu nombreuse – était de mieux en mieux connue et fichée par les autorités. Pour s'échapper un peu, baratiner ne suffisait plus et le risque s'accroissait de se faire démasquer. Il fallait maintenant se cacher.

« _ D'accord dit-elle, mais en sortant vous irez jeter la poubelle. Je vous retrouverai avec la voiture au niveau des bacs à ordures, derrière les haies. Montez sans bruit et sans vous faire remarquer, répondit Solange.

_ Oui, ajouta le père, n'oubliez pas que la voisine du numéro 11 peut vous entendre. Pas de chamailleries ! Et une fois sur le parking du magasin, interdit de montrer le bout de votre nez.

_ Mais papa, demanda Hélias, on lui a fait quoi à la voisine du 11 ?

_ Vous ne lui avez rien fait mais vous êtes parisiens. Elle ne vous aime pas.

_ Elle était pas parisienne, elle, avant sa retraite ?

_ Si, mais elle ne s'en souvient plus. Elle s'est convertie à la province et elle vit seule. Elle ne travaille pas. Elle a donc besoin de surveiller la dizaine d'habitants de notre barre d'immeubles. Elle se sent utile à la société, ça la rassure. La délation est pour elle une sorte de mission. Elle n'est pas méchante, juste assez bête peut-être pour croire que ce qu'elle fait est juste. Soyez sages, et s'il te plaît Hélias : ne fais pas crier ton frère. »

La promesse d'une promenade pimentée de cachotteries, suffit à rendre discrets et prudents les deux enfants. Passagers clandestins à bord de leur propre véhicule, ils regardaient, avides, le paysage qui défilait. Les yeux grands ouverts sur l'étendue nue des marais du début de l'hiver, les garçons étaient submergés par l'excitation. Il était rare qu'ils s'éloignent de la « fenêtre ». Sortis de la télé et d'Internet, c'est à la « fenêtre » que leur horizon se limitait, à cette baie vitrée du salon qui laissait voir l'océan par deux dépressions dans la dune : à gauche vers l'estacade – une jetée en bois à claire-voie maintenant interdite à la circulation qui avançait de quatre cents mètres dans la mer – et à droite vers la plage face à laquelle mouillaient autrefois les bateaux de plaisance. Dans les marais on reprenait conscience de l'existence d'un monde terrien, plat, dans lequel ni les arbres rares, ni les quelques maisons basses ne faisaient obstacle – sur des kilomètres – au passage du vent.

Aujourd'hui les garçons voyaient la terre boueuse labourée par les roues des tracteurs. Ils apercevaient des rapaces guettant leurs proies, perchés sur les clôtures légères qui bordaient les étiers. Dans quelques minutes il faudrait se cacher, rabattre un des sièges arrière du monospace familial pour se glisser dans le coffre à quatre pattes. Ils se croyaient dans un roman du *Club des Cinq*.

On arrivait. Après avoir envoyé les enfants se pelotonner dans le coffre avec ordre exprès de ne pas se bagarrer, Solange roula vers le Drive. Une voiture était déjà là, le coffre béant. Solange se gara à bonne distance. En ces temps de confinement on se méfiait même des saluts. Son tour venu, elle vit s'approcher le chariot télécommandé chargé de ses paquets et de la facture détaillée. Presque tout avait été livré. Elle vérifia la présence de steaks hachés, des pains hamburgers, de plaquettes de chocolat pâtissier, des produits frais et des boîtes de compotes et de fruits au sirop achetés au cas où, les derniers jours, les vrais fruits viendraient à manquer. Elle n'avait qu'un kilo de farine sur les trois demandés, le pain de mie était en rupture de stock, la marque du shampoing commandé avait été changée, la blanquette de veau était peut-être un peu grasse, mais globalement le chargement semblait satisfaisant. En outre, du papier à dessin, trois nouveaux cahiers d'écoliers et une pochette de 36 feutres avaient été glissés comme convenu au milieu des yaourts. Tant mieux. On ne savait jamais, d'un jour à l'autre, si le matériel scolaire et la papeterie feraient ou non partie de la liste des fournitures interdites. Solange tentait chaque semaine d'en acheter. Vite, elle chargea ses colis sur les sièges passagers, prenant garde de ne pas obstruer le trou de souris dans le dossier mobile de la banquette arrière qui permettrait à ses enfants de revenir s'asseoir.

Prenant place devant son volant, Solange dit aux garçons de prendre patience et de rester cachés. Elle avait encore droit à ses trente minutes de courses dans le Super U. Elle allait en profiter. C'était un moment attendu par toute la famille : celui où, libérée des courses essentielles, elle pouvait fureter dans les rayons à la recherche des produits dont les autorisations à la commercialisation changeaient selon les déclarations hebdomadaires du ministre de l'économie, et parfois même changeaient sans raison, au gré du courage ou des caprices du directeur du magasin. Ce qu'elle pouvait alors dénicher constituait les petites surprises et les petits cadeaux d'une vie monotone.

Solange s'était à peine éloignée de la voiture avec deux sacs que les garçons abaissèrent légèrement le dossier du siège pour jeter un coup d'œil dans l'habitacle. Il était dix heures. Quelques personnes masquées, des personnes âgées, trottaient vers leur véhicule. Malo, commençait à tourner en rond dans le coffre comme un chien fou. C'était marrant cette niche secrète en plein parking.

« Arrête, lui dit Hélias, tu vas faire bouger la voiture et nous serons repérés ! »

Heureusement l'intérêt d'un jeu d'espions valait bien un effort de discrétion. Malo se calma immédiatement pour observer les clients qui passaient devant le pare-brise. Les deux têtes serrées l'une contre l'autre à hauteur de leur fente d'observation dans le dossier arrière, les garçons perçurent soudain un bourdonnement qui semblait venir de l'extérieur du coffre et contourner le véhicule.

«_ Un drone, chuchota Hélias.

_ Il peut nous entendre ? S'inquiéta Malo.

_ Non, je ne crois pas, mais il peut nous voir. Remonte un peu le siège et ne bouge pas. »

Le drone volait maintenant à hauteur des fenêtres, sa caméra pointée sur le fouillis des courses que Solange avait entassées sur les sièges. Par la fente toujours plus étroite, protégés par l'ombre, les enfants, respirant à peine, virent le gros insecte noir et menaçant tourner son œil vers l'entrée du supermarché, et subitement s'éloigner.

Au même moment la portière avant droite s'ouvrit. Les enfants sursautèrent, terrifiés. C'était maman. Le visage tendu, observant de loin le drone, elle posa ses deux sacs de courses pleins et un manche à balai tout neuf sur le siège passager avant.

« On rentre. »

Chapitre 4

De retour des courses, Solange se gara en créneau devant leur entrée, la dernière de la résidence, située à l'extrémité Nord de la barre. Elle manœuvra pour coller la portière arrière de son monospace à la porte de l'immeuble qui portait le numéro 17. Sous prétexte de décharger plus commodément ses nombreux paquets, elle donnait aux garçons l'occasion de se laisser glisser de la banquette arrière de la voiture directement dans le hall, hors de la vue des rares voisins.

C'était moins une : à peine les garçons avaient-ils disparu, que Columbo sortait de la porte 15. Columbo habitait là depuis plus de sept ans. Un logement très social situé au huitième et dernier étage. À l'époque où la station balnéaire se remplissait régulièrement de vacanciers, un appartement dans chacune des cinq cages d'escaliers restait toujours vacant. Erreur ou caprice d'architecte, il existait en effet au dernier étage pour chaque entrée, un minuscule studio non traversant, n'ayant qu'une fenêtre sur les parkings, et aucune ouverture sur la mer. Cette location sans air et sans vue ne trouvait jamais preneur, pas même auprès des touristes fauchés qui auraient pu se laisser tenter par son prix cassé. Pour remédier à cette perte de rentabilité tout en faisant semblant de s'intéresser au sort des pauvres gens et d'être soucieux de respecter les quotas, la municipalité avait préempté ces logements délaissés pour y loger ses quelques marginaux locaux.

Columbo habitait là. Les parents d'Armelle se demandaient pourquoi cette quinquagénaire n'avait pas demandé à changer son studio pour un logement plus vaste alors qu'elle était la seule occupante du numéro 15 et que de nombreux appartements avec terrasse auraient pu lui être attribués pour le même modeste loyer. Mais peut-être avait-elle déjà déménagé de quelques mètres sans rien demander. Les cheveux bruns lisses et très courts, plaqués sur le crâne, la clope à la main, les yeux bleus soulignés de crayon noir, le visage parcouru de tics, elle semblait incapable de respecter l'ensemble des règles imposées par le confinement.

Columbo – surnommée ainsi par Tarek – ne s'inquiétait ni des attestations, ni de l'heure de sortie. Columbo avait le temps de discuter. Inconsciente des lois, ou plus futée qu'il n'y paraissait pour jouer avec la légalité et argumenter auprès des autorités que l'étroite allée qui longeait l'immeuble était une propriété privée non soumise aux restrictions de déplacement, elle faisait souvent les cent pas devant les portes, occupée à fumer et à observer.

Impossible d'y couper. Interpellée par la voisine, Solange dut se résoudre à bavarder. Columbo n'était en effet jamais à court de questions, débitées sans respirer, enchaînées sans politesse, la tête légèrement penchée en arrière comme pour mieux vous fixer, l'œil inquisiteur, la paupière inférieure palpitante :

« Vous allez où ? Vous faites quoi ? Vous travaillez pas aujourd'hui ? Votre mari, il travaille ? Les enfants, ils sont où ? Ils font leurs devoirs ? A l'école, elle apprend quoi votre fille ? Parce qu'ils disent à la radio que l'école sur l'ordinateur là, ça marche bien, mais moi je vois ça avec la fille de ma sœur qui me téléphone tous les jeudis, et bien la petite, si la maîtresse est pas derrière en vrai, elle fait rien la petite ! Remarquez, elles font plus grèves maintenant les maîtresses, mais les parents ils ont quand même plus jamais la paix. Moi ma sœur, elle devient folle. Va t'occuper de ton gosse quand tu dois faire la cuisine. Et puis le ménÂge ! On le fait quand, le ménÂge ? »

La voix de Columbo montait dans l'aigu et Solange hochait la tête sans pouvoir répondre autrement que par monosyllabes à l'avalanche de questions.

« Et votre fils, le plus grand là, celui qu'a l'âge de mon autre nièce, il a vu les règles de grammaire, les –s et les trucs en –ent ? Et en maths, il a vu les angles morts ? Et le maire, vous en pensez quoi du maire ? Lui, il croit que dans sa ville ya que le Centre, mais faudrait qu'y vienne des fois par ici voir que les poubelles, elles sont pas toujours vidées, et que le facteur y vient pas toutes les semaines. Je lui ai dit l'autre jour au facteur. On peut pas tout faire avec l'ordinateur. Vous recevez pas de courrier en papier vous ? C'est des journaux, pas vrai, qu'il reçoit votre mari ? »

Incapable de rendre l'impolitesse et de couper l'interrogatoire en posant elle-même des questions, Solange se demandait ce que la bavarde avait réellement pu voir de ses enfants montant et descendant de la voiture. Nul doute qu'elle aurait mis le sujet sur le tapis si elle avait pu se douter... Columbo, avec sa cigarette au bec et sa paupière de travers était une antenne des RG à elle seule pour tout le quartier. Columbo n'était jamais occupée. Sans horaires, sans travail visible, elle semblait pourtant ne manquer des rien, promenant ses questions en toutes saisons sur l'allée menant de la porte 9 à la porte 17 du bâtiment. Se moquant des angles droits qui bouillent à 90 degrés, la curiosité en alerte et les mains dans les poches, Columbo était la plus forte. Solange le savait, et luttait contre la désagréable impression qu'elle se laissait dépouiller sans résister de tous ses secrets. Prétextant un impérieux cours en ligne, information qui dévoilait plus de sa vie que ce qu'elle aurait souhaité, Solange ramassa ses derniers sacs qu'elle jeta dans le hall pour que Tarek les rentre, et referma la porte de l'immeuble avant de reconduire sa voiture au parking.

Un muscle de son épaule droite se mit à la lancer. Une fois rentrée, le verrou de la porte de l'appartement refermé sur elle et sur ses courses, elle poussa un soupir de soulagement et se massa l'épaule. Depuis quelques temps le stress rendait douloureux ce muscle : le trapèze.

Une douleur bien appropriée à une prof de maths.

À l'intérieur, Solange retrouva un Hélias tout excité :

« _ Papa, papa, on a vu un drone ! Ça vole avec quoi un drone ?

_ Ça vole avec des maths. Va faire tes devoirs, tu t'es suffisamment amusé ! Tu sors ton cahier et tu notes : " Pour mardi 5 décembre 2023 " sans oublier la majuscule, et je te rejoins. »

Seul avec sa femme qu'il aidait à nettoyer ses emplettes avec un chiffon imbibé d'alcool à 70° avant de les ranger, Tarek s'approcha avec curiosité des deux derniers sacs, ceux que Solange avait remplis dans les rayons du magasin réel, après le drive. Leur contenu était dissimulé par deux énormes paquets de pain de mie posés en travers.

« _ Ils ont des drones maintenant pour surveiller le parking du supermarché ?, demanda-t-il.

_ Ça a l'air, oui. Je pense qu'ils enregistrent les plaques d'immatriculation pour savoir qui reste trop longtemps, répondit Solange. Mais aucun drone ne sera jamais aussi efficace que Columbo pour savoir ce que tu fais. Quelle plaie. Non seulement on ne voit plus nos amis, mais en plus il faut la voir elle. On a échoué sur une île déserte sans nous laisser le choix du compagnon.

_ Ouais, ce doit être un avant goût de l'Enfer : on n'a plus de relations sociales et pourtant on n'est pas tranquilles. On aurait pu nous laisser quelques compensations. Sinon, tu as trouvé ce que tu voulais ? Mais pourquoi trois pots de miel ? Je n'en mange pas tant.

_ Ah ça ? Pour Noël les fabricants ont trouvé le truc : ce qu'ils n'ont pas le droit de vendre, il l'offrent avec d'autres produits en promo. Chaque pot de miel était vendu avec une abeille en peluche très mignonne. Regarde ! Tu es jaloux que je n'en aie pas pris quatre ?

L'adorable peluche regardait Tarek avec de grands yeux pleins de paillettes et ses grosses joues jaunes appelaient les bisous. Son abdomen moelleux et doux s'ornait de rayures vertes tandis que ses deux sœurs étaient rayées, l'une de rose, l'autre de bleu.

_ Je comprends ! La hotte du Père Noël commence à se remplir alors ? Quoi d'autre ? Des tirelires cochons offertes pour l'achat d'un saucisson ?

_ Non, mais des BD Astérix conditionnées avec des terrines artisanales de sanglier, et une grosse boîte de Lego en cadeau pour l'achat de chaussons. Bien sûr ça met la paire à 50 euros, mais personne n'ira s'en plaindre. J'ai pris deux boîtes : une île avec son Robinson, et un bateau de pirates. Avec la mer en arrière plan, ça devrait leur plaire. Il n'y avait pas beaucoup de choix, mais je n'ai pas envie de leur offrir des ebook et des jeux en ligne.

_ On nous y pousse pourtant. J'ai vu une application sur l'ordi qui remplit tes chaussons au pied de ton sapin virtuel en fonction de tes achats en ligne. Ce serait un beau matin de Noël : chacun devant sa tablette… Au lieu de ça tu achètes du sanglier. Tu comptes vraiment m'en faire manger ? Et quel rapport entre les chaussons et les boîtes de Lego ?

_ T'as déjà marché sur un Lego sans chaussons ? J'ai aussi pris du parfum, des barrettes et des perles de bain pour Armelle. C'était dans un lot de shampooings anti-pelliculaires. Elle aura bientôt quatorze ans et traîne décoiffée toute la journée. C'est peut-être un des avantages du confinement d'avoir mis les futilités au second plan, mais un peu de coquetterie serait de son âge. Élever une adolescente dans ces conditions m'inquiète. Va-t-on créer une génération de frustrés, de tristes et de monstres timbrés ? Et que va décider le gouvernement pour elle dans dix ans ? De la marier avec un cousin ou avec un citoyen modèle dans une foire sur Internet ? A moins qu'ils mettent en vente des petits amis dans les réalités virtuelles… « Paie-toi un faux mec.com ».

_ On sauvera l'espèce humaine en vendant un flacon de sperme surgelé pour chaque achat de deux boules de glace. Elle a discuté avec des copains de classe ce matin. Ils ont trouvé le moyen de court-circuiter la visio du prof pour échanger entre eux. Ils résistent dans leur genre… Et sinon ? Pas de contrôle ?

_ Non. J'avais mis les peluches et les jouets sous un sac de pommes de terre et sous des sprays à la javel, mais il n'y avait pas de contrôle à la sortie. En dehors du drone. Juste, je me suis faite interroger par la caissière sur mon manche à balai.

_ A quel propos ? Il y a un soupçon d'illégalité sur le ménage maintenant ou c'est ta coupe de sorcière qui l'a alertée ?

_ Cette femme m'avait déjà vue la semaine dernière et la semaine d'avant acheter un manche à balai. Je ne comprends pas les gens qui font du zèle. C'est déjà si difficile... Il faudra que je change d'horaire ou que je choisisse une autre caisse la semaine prochaine. J'ai renoncé à argumenter que je peux acheter sans donner d'explications ce qui est autorisé. Je lui ai répondu que j'avais des tocs et que je les gérais en nettoyant toute la journée, au point qu'au bout de sept jours mon manche à balai cassait.

_ Tu l'as convaincue ?

_ Je lui ai fait pitié je pense : avec l'augmentation des troubles psychiatriques c'était crédible. A moins que je me fasse des idées et que ses questions n'aient été que de la curiosité. J'ai aussi trouvé deux rideaux de douche pour la tente. Encore un manche à balai et les enfants auront un super tipi pour s'amuser aux vacances de Noël ! Tiens, j'ai encore trouvé ça :

_ Des couvertures de survie ??? Pour prendre le maquis ?

_ Pour fabriquer des guirlandes de Noël. On fera ça mercredi. Le doré, c'est joli. »

Chapitre 5

Armelle avait gardé ses amis d'école primaire et de début de collège. Le confinement avait balayé les réticences de ses parents à lui acheter un téléphone portable, et cet accès un peu magique à des conversations secrètes, à des messages abrégés lancés parfois à minuit sous la couette, lui avaient fait apprécier ce nouvel isolement. Et puis c'était devenu, avec les mois, un peu moins marrant. Les messages ne se nourrissaient plus de nouvelles anecdotes vécues ensemble. Armelle comprenait bien que rester bloqués sur l'évocation du bon vieux temps avec d'autres adolescents de treize ou quatorze ans n'était pas naturel. Quelque chose clochait.

Il lui devenait difficile d'être sincère, même avec ses meilleures amies. Elle n'osait pas leur parler de ses journées, ni leur envoyer des photos de son escapade quotidienne sur les parkings arborés et désertés de l'immeuble. Aussi réduites qu'étaient ces sorties, elles lui donnaient l'occasion de tourner en roller, de grimper aux arbres, de lire allongée dans l'herbe ou encore de combattre âprement ses frères, tous trois armés de pistolets à eau. Les parkings grands comme la cour de récréation de l'école et du collège, étaient un terrain de jeu idyllique en comparaison des cours sombres et encombrées de poubelles des immeubles de petite couronne parisienne où vivaient ses amies. Les rues fréquemment contrôlées de la capitale et de ses environs, les trottoirs encombrés de promeneurs de chiens et de joggeurs, les parcs fermés qu'on n'entretenait plus, décourageaient d'utiliser l'heure de sortie autorisée. Beaucoup de jeunes préféraient rester enfermés. Parallèlement, chaque cage d'escalier devenait un monde en soi. Clos, curieusement interdits aux contrôles policiers, les immeubles des banlieues s'organisaient et se hiérarchisaient en microsociétés. Malheur à qui aurait dénoncé des voisins partageant un dîner. D'ailleurs il fallait s'entraider. Dans beaucoup de familles l'argent manquait. Si des pères et des fils adultes s'étaient faits livreurs ou croque morts, de nombreuses familles avaient perdu presque tous leurs revenus : ceux des petits métiers sacrifiés et ceux des petits travaux non déclarés – nounous occasionnelles, ménages, taxi sans le dire, serveurs et cuisiniers en extra sans contrat – qui autrefois payaient les loyers. Dans ce contexte, les enfants d'un même escalier traînaient souvent ensemble sur les paliers et dans les caves, jouant à se faire peur, et partageant pour le dîner un paquet de chips assaisonné d'histoires de trahisons et d'amitiés. Armelle, derrière son écran, les sentait s'éloigner.

Un autre coup dur avait été porté à la camaraderie quand, dès mars 2023, les concepts d'écoles, de collèges et de classes avaient volé en éclats. Les cours virtuels ne justifiaient plus de regrouper les enfants par quartiers ni même par âge. Les années scolaires avaient été remplacées par des modules de trois mois qu'il fallait valider pour pouvoir avancer. Conseillée par ses parents, épargnée par les soucis ménagers et pécuniaires, Armelle étudiait et avançait. Là-bas dans son ancien chez elle, la plupart de ses amis renonçaient, redoublaient, stagnaient. Armelle avait essayé de se tourner vers ses nouveaux camarades de classe. Après tout, eux aussi étaient vivants, quelque part de l'autre côté de l'écran. N'avaient-ils rien à partager ? Ils bavardaient parfois, coupant le micro du prof, court-circuitant la marche ordinaire du cours en visio. Ils pouvaient rire un peu, parler de leurs devoirs et de leurs vies, mais au bout de trois mois les résultats des examens et les choix des matières tombaient, les groupes étaient brassés, et les visages sur l'écran changeaient.

Ainsi isolée, Armelle devait se contenter, comme seules relations approfondies, d'avoir des frères et des parents. Un « mieux que rien » qui se révélait parfois agaçant pour une jeune fille de treize ans. Privée de véritables amis, elle manquait d'échanges et d'affection. C'est obsédée par ces tristes pensées qu'elle aperçut un jour de printemps 2023 toute une portée de chatons sortir de dessous les buissons. La mère avait dû mettre bas dans un renfoncement de l'un des parkings souterrains, désormais désertés. Armelle les voyait pour la première fois depuis sa fenêtre de chambre, celle qui donnait sur l'arrière de l'immeuble. Ils devaient avoir dans les deux mois et leur pelage gris était strié de roux. Ils avançaient hardiment vers les poubelles, alléchés par les restes odorants de sardines que Solange avait cuisinés la veille au déjeuner.

A partir de ce jour et pour tout l'été, la sortie du soir sur les parkings se para d'un nouvel intérêt. Armelle décida d'adopter au moins l'un des petits chats. Elle sortait avec des morceaux de viande dans ses poches, agitait des ficelles, tentait les félins ou s'asseyait patiemment sur leur chemin dans l'espoir d'attirer le plus hardi. Parfois ses frères l'aidaient. Parfois ils faisaient tout rater. Mais généralement ils se lassaient car ils avaient des façons bien plus amusantes de jouer à chat, et dehors chaque minute comptait.

Une petite chatte, moins craintive que les autres, s'habitua petit à petit à la main qui, chaque fin d'après-midi lui déposait des friandises. Solange avait rapporté d'une de ses expéditions au supermarché un paquet de croquettes pour chatons avec lesquelles Armelle jouait au Petit Poucet, la jeune chatte bientôt sur ses talons.

Plusieurs mois passèrent ainsi à s'observer, à s'éviter et à se rapprocher dans de complexes manœuvres de séduction. Les croquettes l'avaient attirée, mais les pluies d'automne la décidèrent : Bonbon, ainsi nommée par Armelle en raison de sa gourmandise, s'installa dans l'appartement sec et chaud en octobre. Il serait bien temps de reprendre une vie indépendante au retour des beaux jours…

Chapitre 6

Le samedi 23 décembre 2023 débutaient les vacances de Noël. Il avait été question pendant quelques mois de supprimer les vacances scolaires d'hiver. Le débat avait fait rage entre les membres du gouvernement, les économistes et les médecins. Pour les économistes les vacances ne servaient plus à rien. Les stations de ski avaient disparu avec le confinement, fort opportunément d'ailleurs pour éviter de trop mettre en avant le réchauffement climatique sur nos massifs. Quant aux déplacements exceptionnels pour aller voir sa famille à Noël, ils avaient été limités à huit heures et cent kilomètres le 25 décembre uniquement, ce qui ne nécessitait pas de congés particuliers. On mettait en revanche en avant le danger qu'il y avait à continuer de donner quinze jours d'oisiveté à des adolescents et à de jeunes adultes non encore résignés aux nécessités de politique sanitaire. Ne risquaient-ils pas de se rebeller quand ils se trouveraient désœuvrés ? Les médecins avaient argué que les enfants les plus disciplinés, ceux qui suivaient assidûment les programmes d'enseignement à distance, risquaient, sans repos, de développer plus encore de troubles psychiatriques que ceux dont on constatait déjà l'augmentation depuis la restriction des libertés et des déplacements. A l'heure où la société s'interrogeait sur son avenir et sur la pérennité d'un mode de vie dans lequel l'évolution des jeunes, actuellement confinés avec leurs parents, posait question, personne ne souhaitait nourrir dans les foyers les plus structurés et chez les enfants les plus prometteurs, des bombes à retardement. Il fut donc décidé qu'on garderait le calendrier des vacances scolaires pour rythmer la vie des Français.

Armelle aurait pu faire la grasse matinée, encouragée par Bonbon qui, sortie dans la fraîcheur du petit matin, était rentrée manger avant de se glisser près d'elle dans son lit pour se réchauffer. Gavée depuis plus de deux semaines de terrines de sanglier à tous les repas, la chatte ronronnait, prélude à sa sieste digestive, en piétinant la couette épaisse de ses pattes avant. Les bruits qui parvenaient à Armelle depuis le salon et la cuisine lui indiquaient que ses frères avaient pris leur petit déjeuner mais qu'ils rechignaient à s'habiller. Leurs cris trahissaient une excitation inhabituelle, même pour un début de vacances. Curieuse, Armelle embrassa Bonbon entre les oreilles, et sauta hors du lit, enfouissant la chatte sous un flot de couvertures. Ignorant le carrelage froid sous ses pieds nus, elle enfila juste une robe de chambre, et fut saisie, en ouvrant la porte donnant sur le couloir, par la température glaciale du reste de l'appartement.

La terrasse, ouverte à tous les vents, débarrassée de sa table et de ses chaises pliantes, avait perdu son aspect de salle de classe. Un courant d'air chargé de sel et d'humidité agitait dans le salon les guirlandes dorées découpées dans les couvertures de survie. Leurs anneaux de polyéthylène métallisé, agrafés en maillons de chaînes brillantes, bruissaient en se balançant. On se croyait presque sur le pont d'un paquebot au matin d'une fête organisée sur les flots. En pyjama sur la terrasse, les garçons découvraient le tipi en manches à balai que leurs parents avaient fabriqué et qu'ils y avaient monté pendant la nuit. La toile du tipi en rideaux de douche était imperméable aux intempéries, et sous la tente, le sol était recouvert de tapis de bain en chenille dont les moelleuses bouclettes n'avaient presque rien à envier à de véritables peaux de bêtes.

Au début émerveillés, les garçons regardaient maintenant leur nouveau terrain d'aventures d'un œil critique. Armelle, aussi surprise et intéressée que ses frères, mais moins démonstrative comme il seyait à une grande fille, s'approcha.

« C'est le carrelage qui ne va pas, s'exclama le premier Hélias, ça glisse et puis c'est froid.

_ Nous n'aurons qu'à ramasser du petit bois, des herbes et des pommes de pin sur le parking quand nous sortirons jouer, proposa Armelle.

_ Bonne idée, et il nous faudrait un foyer pour faire cuire des galettes et du pain. Tu crois qu'ils faisaient des galettes et du pain les Indiens ?, interrogea Hélias.

_ Aucune idée, mais les pionniers oui, je l'ai lu dans *la Petite maison dans la prairie*. On peut faire comme eux. Il faut cuire des galettes de farine de blé ou de maïs et manger du bœuf séché. Maman ! Tu as du bœuf séché ?, hurla Armelle.

_ J'ai de la viande des grisons, et un saucisson de bison, répondit Solange qui préparait son activité tipi depuis des semaines. Je vous les donnerai quand vous serez installés. »

L'enthousiasme et l'imagination gagnaient du terrain. Les accessoires de salle de bains se métamorphosaient en esprit en éléments naturels d'un décor hivernal du Grand Ouest. Armelle voulait faire des biscuits de levain comme ceux dont se nourrissait la famille de Laura Ingalls lors de leur périple en chariot dans les plaines américaines en 1880. Elle pétrirait un peu de farine, de sel et d'eau avec le dernier sachet de levure de boulangerie qui restait. De leur côté, ses frères, à force de promesses enfantines et de regards implorants qui jouaient sur la corde sensible, avaient plutôt bien négocié. Ils avaient obtenu le droit de déjeuner dans le tipi, et après mille recommandations maternelles de prudence pour ne pas se brûler, Solange avait accepté de prêter sa crêpière électrique pour servir de foyer. Malo et Hélias voulaient faire des gâteaux. Sans four, sans chocolat, sans beurre et sans fruits ?

« Vous devriez essayer de faire des makrouts, proposa leur père.

_ Des quoi ?, demanda Armelle.

_ Des makrouts, tu en mangeais chez les boulangers marocains à Paris : des petits gâteaux de semoule ronds fourrés à la pâte de datte.

_ C'est pas un peu compliqué papa de la patte de datte sous un tipi ?

_ Contente-toi de faire le gâteau de semoule et de le cuire en galettes sur ton feu. Ma grand-mère n'y mettait pas de dattes. Elle étalait la pâte comme une pâte à tarte épaisse et la coupait simplement en rectangles qu'elle faisait frire et qu'on tartinait de miel. Je peux te donner un pot de miel, on en a plein la maison, et je suis sûr que du miel aurait sa place dans les provisions de pionniers... Au lieu de beurre, tu peux faire la pâte avec un peu d'huile et d'eau chaude. Tu mélanges et tu pétris comme pour une pâte brisée.

_ Tu as de la semoule maman ?, cria Hélias déjà partant.

_ Oui, répondit sa mère, je voulais profiter des vacances pour essayer de faire des petits pots de semoule cuite dans le lait avec des raisins secs. C'est une recette de ma grand-mère...

_ Et bien faisons honneur aux grand-mères, dit Tarek, tu nous donnes la moitié du paquet pour les makrouts de ma grand-mère à midi et on te laisse l'autre moitié pour les petits pots de la tienne au dîner !

_ Mais les Indiens ils ont des plumes, intervint soudain Malo.

_ T'as rien compris ! On est des pionniers qui font du pain, pas des Indiens, le coupa Hélias.

_ Non !! On a un tipi et je veux des plumes !!!, Malo commençait à pleurnicher. »

Il fallait trouver une solution pour que les deux garçons ne cassent pas le jeu par leurs querelles avant même d'avoir commencé à jouer. Les plumes ne se trouvaient ni au Drive ni au supermarché. Armelle avait peut-être passé l'âge de jouer aux cowboys et aux Indiens, mais elle avait bien envie de passer ses journées sur la terrasse ouverte malgré le froid, de s'emmitoufler dans une couverture colorée, et d'inventer des histoires tout en cuisinant des recettes improbables de soupes aux herbes sauvages et de galettes du Grand Ouest. Il ne fallait pas compter sur Bonbon, rassasiée comme elle l'était, pour aller chasser un pigeon… Il y avait bien les plumes des mouettes, sur la plage, mais… Si seulement… Devant la terrasse passaient le goémonier et son fils. Les cris de plus en plus aigus de Malo attirèrent l'attention du garçon qui partait travailler sur la plage avec son père. Armelle en profita : « Hep, pardon ! Mon frère pleure parce qu'il voudrait des plumes de mouettes. Si vous en trouvez prises dans les algues, vous pourriez nous en rapporter ? Ce serait tellement gentil s'il vous plaît. » Surpris, l'adolescent poursuivit sa route avec son père sans répondre, mais la demande étonnante d'Armelle avait soudain calmé Malo, flatté que son désir attire tant de considération.

Ce jour-là ils sortirent dès le matin sur les parkings et remplirent des sacs de brindilles, de branches mortes, de mousses et d'aiguilles de pin. De retour sur la terrasse, alors qu'ils allaient étendre sur le sol carrelé de la terrasse leur butin, ils remarquèrent six grandes plumes de mouette, propres et lisses, posées sur le rebord du garde-corps de la terrasse. Malo criait de joie, Hélias avouait que c'était plutôt sympa, et Armelle se sentit pour la première fois depuis des mois une envie de danser. Trois plumes firent des coiffures d'Indiens acceptables, et les enfants décidèrent d'insérer au bout du calamus, la tige creuse des trois qui restaient, des mines de graphite prises sur leurs compas pour en faire des crayons.

Ils firent des galettes un peu brûlées au puissant goût de levure, et toute la famille assise en tailleur sur la terrasse déjeuna fort tard de viande des grisons, de saucisson de bœuf, de quelques makrouts grillées sur la crêpière, et d'autres plus grasses et plus savoureuses, frites dans la cuisine. Toutes, dégoulinaient de miel. Il faisait froid et le miel, tiédi au contact des pâtisseries chaudes, coulait sur les écharpes et les blousons. On était à la veille de Noël, on se léchait les doigts, et tout paraissait meilleur qu'un réveillon d'oie et de foie gras.

Quand la lumière commença à décliner, il fallut bien fermer la terrasse, remonter les radiateurs et se pelotonner sur le canapé pour se réchauffer. Cette journée étonnante dans un quotidien morne avait été riche en émotions et Solange remplaça le dîner par une orgie de petits pots de semoule aux raisins secs et aux pépites de chocolat devant un western à la télé.

Chapitre 7

Noël arriva. La famille d'Armelle n'avait personne à qui rendre visite dans un rayon de cent kilomètres, et aucun prétexte ne les autorisa à quitter la ville en ce jour de fête. Avaient-ils eu tort de s'éloigner de la Région parisienne et des êtres aimés ? Les avaient-ils abandonnés en passant de l'autre côté du cercle autorisé ? Auraient-ils dû rester dans leur appartement de banlieue pour conserver le droit de retrouver leurs parents en cette seule journée ? Personne n'en parla.

Les premiers temps, les gens avaient essayé de rester proches. On se téléphonait, on s'envoyait des messages, on se promettait de vite se revoir. Les mesures de confinement annoncées par le gouvernement à partir du mois de mars 2020 prédisaient chaque fois leur propre fin dans quelques semaines. On assurait que la victoire contre la pandémie viendrait des sacrifices importants mais brefs que la population consentirait. On menait une guerre mondiale contre un ennemi microscopique, mais les combats se déroulaient au chaud, au milieu des coussins moelleux et des miettes de chips dispersées sur nos canapés. On pensait à la vie plus difficile de nos grands-parents, aux guerres passées, et on riait des râleurs oisifs et bien nourris.

Et puis la fin 2020 était arrivée, ponctuée de nouvelles toujours plus nombreuses de décès. Du virus souvent, mais pas forcément. D'infarctus, de cancers foudroyants, d'accidents, de vieillesse et de tristesse. La grippe aviaire était revenue, se répandant dans les départements ruraux comme pour profiter du vide laissé par les touristes et par les promeneurs confinés. On entendait presque le monde de l'infiniment petit rire des hommes. Le virus qu'on tentait de tenir à distance en nous bâillonnant et en nous barbouillant de gels désinfectants, recevait le renfort d'un autre de ses congénères qui nous attaquait à revers, infectant les élevages de volailles. Les canards passaient du gavage à l'abattage. De partout les paysans, jusqu'alors économiquement épargnés par la crise sanitaire puisque le seul plaisir qui restait au peuple était la bouffe, criaient à la ruine. Le dérèglement climatique ne pouvait plus se cacher, ni se prédire pour dans cent ans. Il était là, et comme seule réponse les actionnaires et les gouvernements vantaient les achats de voitures électriques à des citoyens cloîtrés chez eux. En panne d'imagination, l'avenir de l'humanité s'envisageait par la consommation.

2020 nous abandonna pour nous précipiter début 2021 dans un scénario qui ressemblait aux sombres films d'anticipation des années 70 et 80, Blade runner ou Soleil vert. On ne pouvait hélas plus se rassurer en éteignant la télé. Trop de signaux inquiétaient et aucun super héros ne semblait pointer sa cape à l'horizon.

C'est ainsi que les amis et les parents cessèrent d'évoquer par Skype les futures retrouvailles, les mariages et les cousinades. La foi se perdait. Quelques mois plus tard, on se retrouva un temps, mais quand il fut question en 2023 d'un reconfinement sans fin, les appels s'espacèrent. On avait peur d'apprendre de mauvaises nouvelles et peur d'être impuissants à partager ou à consoler d'écran à écran. Les familles nombreuses, confinées dans des appartements encombrés et bruyants, finissaient par se croire privilégiées malgré la promiscuité, et n'osaient plus affronter le regard d'envie des solitaires crevant de silence et d'ennui dans des logements qu'aucune visite ne rendait vivants. L'appel vidéo qu'on avait cru pouvoir être une compensation à l'absence, devenait frustration et souffrance.

Sans perspective de fin, sans espoir d'embrassades, beaucoup trouvèrent le salut de leur santé mentale dans l'oubli. Le virus avait organisé l'humanité en atomes isolés : des noyaux de quelques particules collées, soudées devant la télé, et quelques électrons gravitant de temps en temps autour d'eux, mais coincés dans une orbite de mille mètres, et ne croisant que très rarement d'autres cercles habités.

C'est un de ces cercles qui venait pourtant d'apparaître dans le champ de vision d'Armelle.

En ce lundi 25 décembre 2023, la famille avait décidé de profiter de la relative liberté offerte ce seul jour par tolérance présidentielle spéciale, en sortant se promener tout simplement dans le centre ville de leur petite station balnéaire. Protégés par l'esprit de largesse et de fraternité soufflé aux autorités pour la Nativité, ils avaient tous les cinq pris à pied le chemin de quelques deux kilomètres à travers la forêt qui reliait la côte aux commerces survivants du bourg. Une tempête s'annonçait. Le vent, pourtant moins fort à couvert que sur la côte, agitait déjà les branches des pins et se chargeait de gouttes d'eau. De la terre trempée montaient des odeurs de feuilles mortes et de mousses qu'Armelle respirait, son masque légèrement baissé sous le nez. Hélias regrettait son vélo. Malo, intimidé par la perspective d'un si long chemin, marchait dans les jambes de maman, aveuglé par la pluie qui maintenant lui fouettait le visage. La nuit tombait.

À 17 heures 30, quand ils arrivèrent en ville, le ciel était noir. Sombre et mouillé, l'asphalte de la place de l'église brillait. Des guirlandes lumineuses se balançaient dans les arbres, eux-mêmes secoués par des rafales de vent. Des haut-parleurs crachaient des chants de Noël et des airs de comédies musicales américaines. Cette gaieté forcée sonorisée par la municipalité tranchait étrangement avec le silence des rues, augmentant encore l'impression de visiter une ville fantôme.

Ils en étaient là quand Armelle aperçut quatre silhouettes qui débouchaient d'une rue derrière l'église et qui pressaient le pas vers le parking. Le goémonier et sa famille avançaient, les bras chargés de paquets. Avaient-ils, eux, rendu visite à des proches ? Sorti de la nuit, apparaissait enfin un autre cercle de vie. Solange osa dire bonsoir d'un signe de la main. Elle connaissait le goémonier pour l'avoir prié par la fenêtre de lui donner quelques poignées d'algues rouges qu'elle avait laissées pourrir, au dégoût des enfants, au pied de son ficus. On pouvait être confinés et déshumanisés, mais son ficus de vingt ans, acheté à l'état de frêle arbrisseau le jour où elle avait fait la connaissance de Tarek, ne devait pas crever sans engrais. Ni le déluge qui s'abattait maintenant sur les deux familles, ni les presque trois ans de méfiance envers les postillons de son prochain, n'encourageaient les conversations, mais les adultes se saluèrent de loin. Malo allait courir remercier pour les plumes, mais Armelle le retint. L'échange d'un regard complice pour ce soir était déjà bien.

Il était plus que temps d'ailleurs de se mettre à l'abri. Tandis que le goémonier et les siens disparaissaient dans leur voiture, la famille d'Armelle s'engouffra dans l'église. D'un coup la tempête s'assourdit. Les lustres étaient allumés, des cierges brûlaient. Les lumières parsemaient de taches jaunes la nef centrale et le transept. L'immense crèche avec ses personnages de plâtre, et l'épaisseur des murs de l'église créaient un sentiment de sécurité alors que dehors se déchaînaient les éléments. Vidé de ses fidèles en cette fin des fêtes de Noël, le temple ne verrait plus ce soir venir personne. La famille allait donc rester là, rassurée par le sentiment d'être à l'abri dans cette froide et silencieuse forteresse de pierres. Seuls et ne comptant que sur eux cinq, ils écoutaient le cri assourdi du vent, protégés de la pluie et unis malgré les chamailleries.

Chapitre 8

Le lundi 8 janvier 2024 était une triste journée. On avait rangé, la veille, les jeux des vacances et la plupart des décorations de Noël. Seules quelques guirlandes restaient encore accrochées au plafond. La table des devoirs avait repris sa place sur la terrasse, et le soleil semblait ne pas vouloir se lever. Ni à dix heures ni à midi le moindre rayon n'avait percé. L'air bougeait à peine, la pluie n'arrivait pas. Le ciel d'habitude mouvementé et changeant par mauvais temps, était immobile, comme enfermé par le couvercle uniformément gris d'une cocotte en aluminium étouffant le paysage.

Pour ne rien arranger la classe virtuelle d'anglais n'avait d'abord pas fonctionné. Le lien envoyé le matin par la prof n'était pas actif. Il avait fallu le copier, et le moteur de recherche ne l'avait, aux deux ou trois premiers essais, pas accepté. Puis il l'avait accepté mais il avait demandé un code secret, inexistant. Après six ou sept tentatives infructueuses, la connexion avait été établie, sans que l'on sache pourquoi ni comment, sans code secret, sans que rien ait été différent, mais Armelle était arrivée en retard. Quand elle allait au collège, elle était toujours à l'heure. Dans le casque, le son crachotait et Armelle n'entendait pas la moitié des phrases en anglais. Aurait-elle mieux compris avec une bonne réception ? Elle serait notée présente, c'était déjà ça. Quelques élèves échangeaient des messages écrits en marge du cours. C'était le moment de se dire bonne année, mais depuis 2020 plus personne ne le disait sans arrière-pensée. Quand pourrait-on espérer de bonnes années ? Armelle attendait mollement le moment de signaler sa présence pour prouver au professeur, une jeune femme dont les cheveux épais et bouclés remplissaient l'écran, qu'elle suivait le cours activement.

À l'autre bout de la table, Solange faisait travailler les garçons. Malo comptait et coloriait des ballons, qu'il décorerait ensuite de boucles et de lignes brisées. Hélias recopiait un texte au présent dont il lui faudrait à la fin mettre tous les verbes à l'imparfait. Il galérait. Dans la cuisine Tarek, branché et casqué lui aussi, se battait pour expliquer la continuité des fonctions et le théorème des valeurs intermédiaires : « Vous êtes d'un côté de la rivière et vous devez passer de l'autre côté sans avoir le droit ni de voler, ni de sauter. C'est ça que ça veut dire la continuité. Alors, oui ou non, est-ce que vous vous mouillez les pieds ? »

Chaque demi-journée, le père et la mère échangeaient les rôles entre celui qui s'occupait de la maison et des enfants, et celui qui faisait cours ou qui corrigeait des copies en ligne. La prof d'anglais parlait maintenant de civilisation. Difficile de croire que loin là-bas, de l'autre côté de cet océan aujourd'hui triste et plat, des gens, en cet instant, conversaient en anglais. Et puis à quoi bon y croire ? Armelle n'irait jamais. L'école continuait à vous apprendre des langues pour commercer sur Internet, mais la jeune fille s'en fichait car acheter des objets fabriqués à cinq mille kilomètres ne la faisait pas voyager.

Elle en était là de ses réflexions et de son ennui quand on sonna à la porte. Le tintement, inattendu, mit toute la famille en alerte. Les sens aux aguets, tous se turent mais personne ne bougea. Depuis des mois, aucun visiteur ne s'était présenté, et aucun livreur ne venait jamais dans leur résidence trop reculée et trop peu peuplée. Ce n'était pas non plus le jour du facteur dont la maigre tournée n'avait lieu que le jeudi.

Malo, jeune et spontané, fut le premier à réagir. Passé un instant de surprise, il bondit hors de sa chaise et courut à la fenêtre de sa chambre par laquelle on pouvait apercevoir l'entrée de l'immeuble. Il revint tout excité en criant : « Ya une voiture de gendarmes garée devant chez nous !!! ». Tarek, vite sorti de sa sidération, avait déjà affiché sur son écran une feuille d'exercices présentée d'urgence à ses élèves comme un travail – là, tout de suite, maintenant – de quinze minutes en autonomie. Il lança le chrono à leur intention, coupa son micro et alla ouvrir. Solange le suivit. Déjà, des coups impatients étaient frappés à la porte. Les deux gendarmes qui pénétrèrent dans l'étroit couloir n'avaient l'air ni de venir partager un café ni de vendre un calendrier au profit des orphelins des forces de l'ordre. Ils étaient équipés des nouveaux képis à visières intégrales transparentes, filtrantes et respirantes que les enfants voyaient de près pour la première fois.

« Qui dans ce logement a acheté des couvertures de survie le lundi 4 décembre 2023 ?, commença sans préambule le plus âgé qui s'imposait d'entrée comme le chef.

_ J'ai acheté des couvertures de survie avant Noël, répondit Solange, mais je ne suis plus très sûre de la date.

_ Vous reconnaissez donc les faits ?, insista le vieux gradé aux galons doublement chevronnés. Son visage mince semblait se réduire à un nez, fort long et fort tordu, qui descendait d'un front lisse prolongeant un crâne qu'on devinait quasi-chauve sous le képi. Solange, malgré son inquiétude et sa stupéfaction, ne pouvait en détacher son attention. Où qu'elle essaie de regarder, elle y revenait toujours, tant il lui faisait irrésistiblement penser à la courbe de la fonction cube dans un repère orthogonal.

_ Je m'en souviens, intervint Tarek, mais ma femme les a achetées au supermarché, comme tout ce que nous prenons lors de nos courses ordinaires. Où est le problème ?

_ Le problème monsieur, s'exprima l'imposant nez, c'est que des couvertures de survie n'ont rien d'un achat ordinaire.

_ Ce ne sont pas des achats de première nécessité. C'est même suspect, crut bon d'ajouter le plus jeune gendarme aux galons sans chevrons, un adjoint probablement.

_ Mais si elles étaient en rayon, c'est qu'on devait pouvoir les acheter, non ?, se défendit Solange.

_ Vous êtes autorisés à faire des achats de première nécessité et vous avez l'obligation de savoir quels articles correspondent et quels articles contreviennent à cette définition. Ce ne sont pas les rayons du magasin qui doivent dicter à une bonne citoyenne sa conduite, madame. Nous avons été alertés pour une suspicion d'infraction, et nous sommes là pour mener une enquête. Notre boulot n'est pas de vous faire la morale, mais sachez que tout comportement sanitairement irresponsable met la vie des autres en danger. S'il y a lieu, nous serons contraints de vous verbaliser, madame.

_ S'il y a lieu ?, s'étonna Solange.

_ Si l'infraction est constatée, précisa le sous fifre.

_ Mais quelle infraction ?, parvint à articuler calmement Tarek malgré la moutarde qui lui montait au nez, un nez certes un peu busqué, mais loin d'égaler la courbure de celui du brigadier. Quelle idée la nature avait-elle eu de disposer au milieu de cette figure un tel point d'inflexion ?

_ L'infraction de vous être procuré un matériel utilisable uniquement en extérieur dans des conditions extrêmes alors que vous n'êtes pas titulaires des autorisations indispensables à de telles sorties. D'autre part un témoin assure vous avoir vue, madame, acheter une quantité de balais pour le ménage, disproportionnée à l'usage domestique desdits balais. Sans explications valables de votre part, nous serons contraints de vous perquisitionner, conclut l'officier fier d'avoir si bien parlé.

Pour toute réponse, Solange se plaqua contre le mur du couloir, faisant signe à son mari de l'imiter. Elle dégageait ainsi le passage vers le salon, et elle invita de la main les gendarmes à s'avancer. Suspendues du lustre au lampadaire allogène, accrochées des cadres des tableaux jusqu'à la tringle à rideaux, les guirlandes dorées et argentées, fabriquées par les enfants en découpant les couvertures de survie, égayaient encore la pièce et témoignaient des efforts de décoration du Noël tout juste passé.

Les deux équipiers armés et lourdement bottés contemplaient, leurs deux nez levés, les rubans brillants assemblés en anneaux dont ils devaient se demander l'usage que pourrait faire de ce découpage, une famille de terroristes sanitaires. Le chef détourna le premier son immense tarin du plafond pour s'adresser à Solange : « Vous avez acheté quatre couvertures de survie. Quelle preuve avez-vous qu'elles sont toutes là ? »

_ Mais monsieur, c'est bien simple, répondit Solange, chaque couverture de survie est un rectangle qui mesure 220cm par 140cm. Il vous suffit de calculer son aire puis de la multiplier par le nombre de couvertures que j'ai achetées, et enfin de diviser par l'aire des petits rectangles qui ont formés les anneaux et qui mesurent approximativement 20cm par 2,5cm – même si c'est parfois 3cm ou 1,2cm, ou s'ils ressemblent pour certains à des trapèzes car mon plus jeune fils a souvent découpé de travers – pour trouver le nombre total d'anneaux qui doivent former les guirlandes. Comptez les anneaux suspendus au travers du salon et, selon la comparaison de votre résultat du calcul avec celui du comptage, vous saurez si toutes les couvertures de survie sont là. C'est un calcul qui se fait les doigts dans le nez, si vous me permettez l'expression, ce qui ne doit pas être difficile pour vous. Voulez-vous que nous le fassions ensemble ?

Tarek, partagé entre la peur d'une catastrophe imminente et l'envie de rire, passa sa main sur sa bouche, frottant sa barbe de deux jours, et baissa les yeux sur ses chaussons. Armelle qui avait oublié depuis longtemps son cours d'anglais regardait avec inquiétude les représentants de l'autorité qui salissaient de leurs chaussures réglementaires pleines de virus et de bactéries le carrelage blanc soigneusement désinfecté de son logement. Hélias trouvait l'idée du calcul géniale et cherchait déjà une feuille de brouillon pour le poser. Quant à Malo, très fier que son bricolage suscite tant d'intérêt, il venait de faire tomber toutes les casseroles du placard sous évier pour attraper le rouleau de papier aluminium rangé tout au fond, et redécouper des rectangles métalliques pour montrer aux messieurs en bleu comme c'était facile et joyeux de décorer sa maison.

Le fracas des gamelles sur le sol de la cuisine mis une fin brutale aux discussions sur les guirlandes que les militaires n'avaient envie ni de mesurer, ni de compter, ni de calculer. Soucieux de ne pas perdre la face, et d'assez mauvaise humeur, le gradé interrogea Tarek au sujet des manches à balais. Les avaient-ils sculptés en bougeoirs pour la table du réveillon ? Tarek prit un air désolé, suggérant par quelques mimiques que le sujet était sensible et qu'il ne tenait pas à trop en parler devant Solange. « Ma femme est sujette au stress, voyez-vous… Elle balaie, elle balaie, elle tape dans tous les coins, elle cogne sous les lits, elle s'appuie sur son balai, elle le tord, elle le serre, elle les casse tous. »

Appuyant les dires de son père, Armelle était allée chercher sur la terrasse deux morceaux de manches à balais cassés que les garçons avaient brisés la veille en jouant aux chevaliers et aux pirates après le démontage du tipi des vacances. Elle avait pris un air navré de circonstance et montrait de loin aux gendarmes les morceaux de bois martyrisés. Solange, appuyée contre le mur du couloir, ne disait plus rien et, les yeux vagues, arrachait avec ses dents les peaux mortes de ses doigts irrités par l'eau de javel.

La tension s'effondra d'un coup. Le vieux gendarme désolé dodelina de la tête et posa, pour un bref instant de compassion et de solidarité, sa main droite gantée sur l'épaule de Tarek. « Je vois que tout est en ordre, nous allons clore la procédure, mais évitez, dans la mesure du possible, de vous faire encore remarquer ».

Quand la porte se referma sur les gendarmes, toute la famille retint son souffle le temps d'entendre claquer les portes de leur Peugeot 5008 garée devant l'immeuble. Quand le véhicule eut disparu du champ de vision perceptible depuis la fenêtre de la chambre des enfants, tous rirent de soulagement et rejouèrent la scène improbable qui venait de se dérouler. Tarek en avait oublié ses élèves en ligne qui, de toutes façons, étaient tous partis vers d'autres espaces numériques, sans aucun égard pour son théorème des valeurs intermédiaires. Ils discutèrent longtemps, mi-soulagés, mi-terrifiés de ce que cette visite impliquait de surveillance et de délation. Ce n'est qu'au bout d'un moment qu'Hélias levant la tête de sa feuille de brouillon et cessant de mâchouiller son crayon annonça : « Il reste deux couvertures de survie qui n'ont pas été découpées pour le plafond ! »

Chapitre 9

La visite des gendarmes pesa sur la famille toute la semaine. Malgré ses airs au début bravaches, Solange s'était complètement effondrée, et Tarek, d'une humeur noire, désespérait d'une humanité de cons qui n'aurait pas dû avoir le droit de vote puisqu'elle les avait mis sous la botte d'un système autoritaire que la population, terrorisée et infantilisée par la peur des autres et de la maladie, applaudissait.

Pour ne rien arranger, Hélias avait attrapé un rhume qu'il avait, deux jours plus tard, passé à Malo. Les sanctions en cas de toux et de nez qui coulent étaient sévères. Tout éternuement était passible de trois semaines de confinement de niveau 4, c'est-à-dire d'une interdiction complète de sortie doublée d'un accompagnement renforcé de téléconsultations quotidiennes assurées par des médecins du centre de surveillance des maladies virales. Sans compter qu'après guérison, votre dossier restait fiché comme celui d'une personne suspecte de fragilité immunitaire ou de comportements à risques pour non respect des gestes barrière.

Où Hélias avait-il pu attraper son rhume ? Mystère. Depuis plusieurs années maintenant, les messages pédagogiques et publicitaires des autorités de santé avaient vaincu les expressions pourtant tenaces des grands-mères et de la sagesse populaire : on n'attrapait plus froid. Les courants d'air n'enrhumaient plus, et aucun membre de la famille ne pouvait en accuser un autre d'avoir laissé trop longtemps la fenêtre ouverte. Ce n'était même pas la faute d'Hélias qui était sorti jouer sur les parkings en oubliant son bonnet. Quel virus, parmi les quelques deux cents coronavirus, rhinovirus, virus syncytial respiratoire, virus parainfluenza et adénovirus avait bien pu franchir la barrière d'eau de javel régulièrement répandue dans le couloir et sur les poignées de portes ?

Il n'était plus temps de se questionner, même si Armelle avait eu la curiosité de chercher sur Internet et était tombée sur un article de 2007 qui incriminait le stress comme facteur de vulnérabilité aux contaminations. Vu l'état de tension des derniers jours, même un petit virus javellisé et moribond avait pu infecter sans peine toute la maison. Maintenant que le mal s'était installé, il importait qu'aucun voisin n'apprenne que deux malades morvaient sous leur toit.

On avait installé les garçons dans le canapé-lit du salon qui était la pièce centrale de l'appartement, et donc la plus éloignée des fenêtres et des portes donnant sur l'extérieur. Plusieurs épaisseurs de bois et de vitres étouffaient la toux et les plaintes des enfants que la voisine du 11 aurait pu surprendre lors des visites régulières qu'elle faisait au n°17 sous prétexte qu'elle possédait, faisant face à l'appartement de la famille d'Armelle, une location de vacances, aujourd'hui inhabitée mais qu'il fallait entretenir et surveiller.

Solange et Tarek avaient découpé à la va vite, sans même les ourler, des mouchoirs lavables dans un vieux drap, pour éviter d'avoir à sortir des poubelles remplies de mouchoirs en papier souillés, ce qui n'aurait pas manqué d'attirer l'attention de Columbo.

La pluie fine et froide qui tombait sans interruption depuis quatre jours avait justifié aux yeux des rares résidents des environs l'absence des enfants sur les parkings en fin d'après-midi. Même la précieuse heure de sortie, par ce temps glacial qui vous transperçait, ne faisait pas envie. Cette météo aurait pu être une chance si l'humidité n'avait pas poussé Columbo à s'installer, non plus dans l'allée devant l'immeuble, mais dans le hall d'entrée du 17. Elle restait là, à l'abri derrière la porte vitrée, à fumer. Elle connaissait les codes de toutes les portes. Pourquoi avoir choisi la leur ? Pour les entendre vivre ? Pour savoir ce qu'ils regardaient à la télévision ? Armelle la voyait parfois, à travers le judas, faire les cent pas devant les boîtes aux lettres. Son image déformée passait, puis disparaissait. On sentait sa cigarette dont la fumée s'infiltrait dans le couloir de l'appartement. Au début, cette odeur avait gêné Armelle, assise sur son lit, un bloc à dessin posé sur les genoux. Puis elle s'y était habituée. Elle ne quittait pas sa chambre, sauf pour aller à la porte de temps en temps surveiller la drôle de voisine. Parfois, Armelle écoutait de la musique, augmentant le volume quand ses frères se mouchaient fort.

On était samedi. Dans deux jours, le 15 janvier, ce serait l'anniversaire de Malo. Il aurait six ans. Armelle lui souhaitait d'être guéri et qu'une éclaircie lui offre enfin une belle heure de jeux en plein air. Elle lui dessinait, depuis plusieurs semaines sur son temps libre, un album de jeux pour apprendre à lire, à compter, et à voir le monde. Elle lui inventait des labyrinthes et des coloriages magiques avec des additions et des soustractions. Il devrait assembler des images et des mots, compter des pommes et des euros, faire des courses imaginaires dans un magasin de jouets, et payer ses achats en petite monnaie à une vendeuse avenante qui ne porterait pas de masque. Assise sur son lit, Armelle dessinait toutes sortes d'animaux qu'on ne pouvait plus aller voir au zoo, mais qu'elle copiait de photos téléchargées sur son téléphone, pour que Malo sache qu'ils existent et puisse leur donner un nom.

À son âge, la classe pour Malo n'était pas obligatoire. Pour des raisons tant économiques que pratiques, l'éducation officielle ne commençait maintenant qu'à partir de six ans révolus au 1er septembre. Avant cet âge, les enfants, pourtant de plus en plus tôt familiers des ordinateurs et des tablettes, ne pouvaient pas se plier à la discipline des classes virtuelles. Les médecins avaient donc été chargés par le Président d'expliquer au peuple que les enfants ne devaient pas être soumis si jeunes à des écrans, ce qui rendait inadaptées pour eux les nouvelles formes de scolarisation à distance. Les pédopsychiatres expliquaient d'ailleurs que pour nos chers petits, le meilleur éveil était la vie quotidienne, sans exercices, graphismes ni artifices, au sein de foyers aimants. Il serait bien temps de les brancher à des cursus scolaires à partir de six ou sept ans. La réalité était devenue que beaucoup de parents, trop occupés ou mal informés, avaient confié aux chaînes de dessins animés en continu l'éveil aimant du foyer. Certains se débrouillaient autrement, essayant de coller le plus possible aux méthodes d'avant le confinement. C'est ce que toute la famille avait choisi pour Malo. Non seulement papa et maman jouaient évidemment pour lui les profs en dehors des heures de boulot, mais Armelle les aidait, comme elle le faisait en ce moment, en créant des pages de jeux et d'activités graphiques dont Malo raffolait. Hélias quant à lui, s'appliquait à apprendre à son frère des nombres de plus en plus grands, le système solaire et des pliages d'avions en papier toujours plus performants. L'enfant, bien entouré, progressait.

C'est pendant qu'elle coloriait la dernière tache d'une girafe, tout en prêtant l'oreille aux bruits qui venaient du hall d'entrée, qu'Armelle fut surprise par Bonbon qui, de retour d'une promenade, sauta sur le rebord de la fenêtre de sa chambre. Sans l'entendre à cause de sa musique, Armelle la voyait miauler de l'autre côté de la vitre. Trempée, elle manifestait son impatience de rentrer se réchauffer.

Armelle ouvrit la fenêtre à la jeune chatte qui sauta sur le lit, et se laissa tomber sur le flanc au milieu des oreillers pour commencer sa toilette. Armelle, heureuse de cette distraction, ne put résister à l'envie d'agacer Bonbon en agitant sous son nez un crayon. Joueuse, la chatte en oublia d'abord sa toilette pour sauter sur le bâton qu'elle tentait d'attraper de ses pattes avant tendues. Mais quelque chose la perturbait. Un moment attirée par le crayon, elle abandonnait la chasse pour se gratter le cou avec sa patte arrière gauche, se contorsionnait, essayait de se lécher, en vain. Armelle s'approcha. Qu'avait donc cette chatte sous son collier ? Une brindille ? Une feuille séchée de panicaut, ce chardon bleuté, qu'elle aurait accrochée dans la dune ? Non, entouré autour de son collier, un petit morceau de papier était scotché. Sans rien dire, Armelle le détacha et le déroula. C'était un message secret !

Chapitre 10

La feuille tenait dans le creux de sa main. En petites lettres tracées avec soin, Armelle lu :

« *Chers Indiens,*

Mon père et moi avons vu lundi la charge de cavalerie des tuniques bleues.

Depuis ce jour votre terrasse est fermée et on ne vous voit plus jouer. Allez-vous tous bien ?

Votre chatte vient me voir sur la plage. Elle fouine dans les algues échouées sur le sable à la recherche de coquillages. Vous pouvez la charger de me donner de vos nouvelles.

Alexandre (le goémonier)

PS : Bonne année ».

Incrédule, elle lisait et relisait le message maladroit du grand garçon un peu gauche qui passait quotidiennement sous sa fenêtre. Il n'y avait là rien d'interdit. Ni le papier ni le courrier n'avaient été prohibés par les autorités. On avait bien sûr donné la préférence aux voies électroniques de communication, rapides, efficaces, hygiéniques. Qui savait quels agents pathogènes une enveloppe passée de mains en mains pouvait véhiculer ? Pour limiter les risques, tout courrier arrivant dans un centre de tri devait rester 48 heures en chambre stérile, et les facteurs ne distribuaient qu'une fois par semaine les lettres stockées dans leur bureau de poste. Celles-ci étaient, préalablement à chaque tournée, passées par lots, dans une brume désinfectante de gel hydroalcoolique pulvérisé. Les timbres étaient rares, et toutes ces mesures les avaient rendus chers. Tarek s'acharnait par principe à s'abonner à quelques journaux par voie postale. Pour peu que son hebdomadaire passe par plusieurs centres de tri, et soit un peu trop généreusement désinfecté par le dernier postier, il arrivait humide, froissé, tout corné, et avec un mois de retard. Les nouvelles n'étaient plus fraîches, mais le papier journal sentait bon la résistance pour la survie du monde d'avant.

En cet instant, Armelle ne pensait pas à son père dont elle avait tant moqué les manies de vieux lecteur démodé, mais elle succombait elle aussi au charme désuet de la feuille de papier qu'elle pouvait toucher, plier, rouler, froisser et cacher. Elle n'était pas sortie, elle n'avait enfreint aucune loi, mais elle sentait que ce billet roulé et scotché sur le collier de Bonbon était une porte ouverte vers une forme de liberté oubliée. Elle ne douta pas un instant que dans la famille « goémonier », Alexandre était le fils ne s'adressant qu'à elle, et pas le père offrant ses vœux à toute la famille. Elle décida donc qu'elle n'en parlerait pas. Pour la première fois depuis des mois, cette vie à huis clos lui offrait une aventure et un secret.

En essayant d'arracher le message enroulé autour de son collier, Bonbon s'était griffée. La lanière de cuir irritait maintenant sa blessure au niveau de l'encolure. Il fallait l'enlever. Mais délivrer la chatte de son collier lui faisait courir le risque d'être prise par les autorités pour un animal errant et d'être abattue. En outre, c'était supprimer la voie de communication ingénieusement inaugurée par Alexandre.

Armelle n'entendait aucun bruit venant du salon en dehors de la bande son d'un dessin animé de Tchoupi, un des personnages préférés de Malo. Le temps gris appelait à la sieste. Ses parents et ses frères devaient se reposer de leur mauvaise nuit passée sous la tyrannie de deux nez bouchés. Sans doute son père dormait-il, et

Hélias devait-il lire *Le Club des Cinq en roulotte*, un truc qui fait rêver pour qui aime les chevaux et les cabanes. Armelle n'avait pas envie de dormir, et elle était seule comme rarement. Personne ne viendrait la déranger avant l'heure du dîner. Même Columbo, à qui d'habitude rien n'échappait, n'avait rien vu passer. Armelle avait sa propre aventure à présent ! Il était temps d'avoir un plan.

Tout d'abord il fallait soigner Bonbon. Armelle trouva dans la salle de bains un spray désinfectant et une crème cicatrisante qui avait été achetée pour Hélias quand il avait souffert de profondes griffures infligées par Malo en représailles à un vilain croche-patte. La fraternité en lieu clos n'était pas sans danger. Ensuite, elle sortit la boîte à couture et choisit dans le « sac à bricoles » une chute de coton imprimé vert. Voilà qui irait bien avec la couleur des yeux de la chatte. Armelle découpa un ruban de tissu qu'elle plia en quatre dans le sens de la largeur pour en former un fin collier. Il ne lui restait plus qu'à faire la couture en prenant garde de ne pas coudre sur toute la longueur et de laisser au milieu du ruban une ouverture qui, tournée vers l'intérieur contre le poil de Bonbon, permettrait de glisser de petits mots dans le collier, entre deux épaisseurs de tissu, sans irriter le cou de l'animal.

Le temps d'achever tout ça par la fixation d'un bouton pression, et la nuit était tombée. La porte du salon s'ouvrit un bref instant sur Solange qui cria à sa fille de ne pas oublier qu'elle devait lire un livre pour son cours de français. Armelle détestait cette prof de lettres qui avait choisi de leur faire étudier le *Journal d'Anne Franck*. C'était un livre important, certes, mais elle ne supportait pas le contenu de ces cours dans lesquels on leur répétait mille fois par heure comme ils devaient être heureux de ne pas être confinés dans le grenier d'Anne Franck. Comme s'ils avaient besoin de cette idiote de prof pour savoir que leur situation n'était pas comparable à celle de la fillette juive qui y avait laissé la vie. Inutile de réciter les mantras de bonheur pondus par le ministère et diffusés par les enseignants les mieux notés et les plus zélés pour reconnaître que d'autres avaient été plus malheureux qu'eux. Les élèves reconnaissaient sans difficulté que la police et la gendarmerie ne voulaient ni les déporter dans des camps ni les tuer. Les forces de l'ordre veillaient au respect de la distanciation et du confinement, pour leur bien, certainement. Était-ce leur faute si cette distanciation et ce confinement perdaient leur sens au fur et à mesure que s'éloignait l'époque de leur mise en place ? Était-ce leur faute si leurs missions décidées en haut lieu et si l'encouragement de la délation, poussaient des gendarmes à enquêter sur des guirlandes et sur des manches à balai ?

Les plus jeunes enfants avaient oublié la crise de 2020 qui avait déclenché les premières mesures d'isolement. Que pouvaient-ils comprendre aux raisons qui les tenaient enfermés ? Rien sans doute, mais il était probable qu'ils ne se souvenaient pas non plus de ce qu'ils avaient perdu. Armelle voyait parfois son plus jeune frère comme ses animaux de zoo nés en captivité. Malo ne savait pas ce qu'il pouvait regretter. Elle, à treize ans, devait trop souvent étouffer dans son ventre des envies de rébellion. Les programmes scolaires, les journaux et les publicités le répétaient pourtant : le monde extérieur n'était plus sain. Sortir et avoir des contacts physiques avec des amis nous rendait vulnérables aux nouvelles maladies, ou pire, favorisait l'émergence de terribles pathologies. Heureusement, par son intelligence, par la recherche scientifique et par la création incessante de nouvelles technologies, l'humanité pouvait gagner la guerre menée depuis quelques années contre la malignité des virus et des bactéries. La dématérialisation de notre mode de vie n'était que le chemin qu'empruntait maintenant notre évolution. Après le feu, l'agriculture, la sédentarisation et l'industrialisation, nous inventions une autre forme de civilisation.

La nuit, seule encore éveillée dans la chambre des enfants, elle tournait dans son esprit échauffé cette question : « Que lui manquait-il ? » Ils avaient tous un toit et la nourriture était abondante. L'obligation de se confiner avait même contraint les politiques à trouver enfin des solutions de logement pour tous les SDF. Plus personne ne vivait dans la rue et la mendicité appartenait au passé. La pauvreté existait encore, mais au moins était-elle à l'abri des regards et des intempéries. On pouvait rire et parler sans crainte, on sortait une heure par jour, on communiquait, on vivait.

Personne – pas même des adolescents en pleine rébellion hormonale – n'aurait songé à se comparer à des victimes de génocides, mais tous en avaient marre de s'entendre dire qu'ils n'avaient pas le droit de se plaindre. Armelle voulait de plus en plus se plaindre : se plaindre de ne pas voir ses anciennes amies en vrai et de ne pas pouvoir s'en faire de nouvelles, se plaindre de voir la mer sans la toucher (et encore, la voyait-elle !), se plaindre de ne plus être montée dans un bateau depuis plusieurs années et de ne plus avoir le droit de rêver au jour où elle recommencerait, se plaindre de vivre chaque minute avec ses frères, se plaindre de ne pas pouvoir se plaindre de sa famille avec d'autres filles qui auraient partagé ses griefs et rigolé de broutilles, se plaindre de ne plus jamais manger de barbes à papa dans le parc, se plaindre de ne plus courir les poches pleines de centimes à la boulangerie en sortant du collège pour acheter des bonbons à partager sur le chemin avec les copains, se plaindre de ne pas pouvoir voyager, se plaindre d'avoir peur du métier qu'elle ferait s'il devait encore la tenir cloisonnée, se plaindre de devoir cacher son visage à chaque sortie, se plaindre de ne plus aller au club de boxe avec les gosses du quartier, se plaindre de ne plus être retournée au cinéma depuis ses derniers dessins animés de bébé, se plaindre de se voir grandir dans un monde figé, se plaindre d'être contrainte par des murs, maintenue de force en enfance alors que ses pantalons, ses soutifs et son besoin de voir le large explosaient.

Ce n'était pas la Gestapo, mais n'avait-elle vraiment pas le droit de hurler ?

Chapitre 11

Deux semaines s'étaient écoulées dans la torpeur des rhumes qui traînaient en longueur. Tarek avait fini par tomber malade, et l'anniversaire de Malo, le lundi 15 janvier, était passé à la trappe, enseveli sous la grisaille et sous des montagnes de mouchoirs sales.

Armelle se croyait très forte quand elle avait imaginé puis cousu le nouveau collier de Bonbon, mais elle fut étonnée de constater que le plus difficile serait d'écrire à son tour un billet. Le ton du message d'Alexandre – car elle l'appelait par son prénom et le tutoyait déjà en pensée – lui paraissait assez nunuche, mais elle découvrait qu'elle ne pouvait guère faire mieux. Comment paraître contente mais pas trop impatiente, intelligente mais pas intello ni pédante, empressée mais pas trop désœuvrée ni trop assoiffée d'amitié ? Elle lui faisait certainement pitié, enfermée comme elle l'était. Il voyait en elle une gamine avec ses plumes et ses jeux. Voilà pourquoi son message était si gamin ! Il pensait s'adresser à une enfant. À trois enfants d'ailleurs. Comment avait-elle pu se croire son unique destinataire ? Ou alors était-il un espion, comme Columbo et comme la voisine du 11 ?

Était-ce lui qui les avait dénoncés aux gendarmes ? Il semblait inquiet, mais ne cherchait-il pas juste à vérifier qu'ils avaient bien été mis en prison ? Ou qu'ils avaient payé une lourde amende les obligeant à rester cachés, honteux de leur pauvreté, vêtus de pantalons sales et troués, épuisés par la malnutrition ? Pire, attendait-il d'elle un faux pas ?

Quoi qu'il en soit, Armelle se coiffait maintenant avec soin pour faire ses devoirs sur la terrasse. Solange avait remarqué ce changement et s'interrogeait en silence sur ses raisons. Le lot de barrettes, colifichets et perles de bain qu'elle avait offert à sa fille pour Noël expliquait-il à lui seul ce sursaut de coquetterie ? Un nouvel élève lors des classes virtuelles ? Il fallait bien constater qu'Armelle soignait plus l'aspect de son visage et de ses cheveux que celui de ses pieds qu'elle n'avait pas honte d'emmitoufler de plusieurs paires de chaussettes dépareillées pour garder ses orteils au chaud quand elle travaillait.

Pendant une semaine, Armelle avait continué à voir passer Alexandre et son père qui travaillaient sur la plage. Elle n'osait pas lui faire signe. Elle se forçait au contraire parfois à détourner la tête. Elle n'arrivait pas, dans ces moments, à le croire malhonnête. Espérait-il de sa part un geste de connivence ? Il devenait évident pour Armelle, que tant qu'elle n'aurait pas répondu, elle ne pourrait se concentrer sur rien. Elle écrivit puis déchira plusieurs messages. Les indiens, c'était du réchauffé, mais la bonne année restait d'actualité. Pouvait-elle parler des gendarmes ? Ce serait trahir et mettre en danger sa famille. Dans un : « Et puis merde ! » sonore, elle ratura une dernière phrase, et écrivit sur un coin de feuille déchirée son numéro de téléphone. À quoi bon ces cachotteries débiles ! Et pourquoi ne pas lui crier son numéro du balcon ? Quelle perte de temps de mêler à ça Bonbon ! On vivait à distance, oui ou non ?

Oui, mais elle sentait bien que pour l'un comme pour l'autre, opter pour le téléphone, les appels, les messages instantanés et les visios serait une déception. Alexandre avait choisi Bonbon, et s'il était facile de communiquer d'un bout à l'autre de la planète par Internet, seule une grande proximité géographique permettait de confier ses mots au bon vouloir aléatoire d'un chat. Le papier fragile et froissé, l'encre qui pouvait se mouiller, les lettres imparfaites et trop serrées tracées à la main, et cet être vivant, imprévisible, joueur, gourmand et capricieux qui devenait leur émissaire, tout contrecarrait le tour numérique qu'avaient pris leurs existences, et rendait unique la phrase la plus anodine. Armelle s'était donc décidée pour une réponse des plus simples. Si Alexandre était un ami, il saurait s'en contenter. S'il était un délateur, il en serait pour ses frais.

Le mardi 23 janvier, tard le soir, Armelle avait ainsi écrit : « Merci Alexandre. Nous allons tous bien. C'est la pluie qui nous a gardés à l'intérieur. Les gendarmes ont été courtois, il s'agissait d'une erreur. Bonne année également à toute ta famille. » Mais ni le jeudi 24 ni les jours suivants n'apportèrent la réponse espérée. Bonbon entrait et sortait, portant toujours autour du cou le message qu'aucune main n'avait retiré. Une averse le trempa. Armelle le sécha, puis le récrivit, le déchira, changea pour un vouvoiement, recommença, revint au « tu », s'impatienta, s'énerva, se fâcha.

C'est ainsi que l'adolescente s'éveilla le lundi 29 janvier 2024 d'une humeur exécrable. Par chance, aucune classe virtuelle n'était programmée ce jour-là, et elle avait, pour seul travail à faire, une liste d'exercices de grammaire sur les propositions subordonnées qu'elle bâclait en mâchant sa contrariété, indifférente au soleil qui, enfin, brillait.

Le contraste entre les dispositions de la fille et celles de sa mère était, ce jour-là, saisissant. La journée était belle et Solange sortait de ses trois semaines de lutte contre la morve et l'humidité glaciale avec une énergie régénérée. Le matin, le supermarché débordait d'un arrivage inespéré de livres jeunesse. Sans doute le rachat du fonds d'une librairie que ni le commerce en ligne ni les fêtes n'avaient sauvée de la faillite. Solange avait rempli ses sacs d'imagiers, de romans fantastiques, d'albums illustrés sur les sciences et les techniques, de contes et d'encyclopédies, d'atlas et de blocs de coloriages. Il y en aurait pour tous. C'était un deuxième Noël, ou plutôt une vraie fête d'anniversaire pour Malo, un peu en retard, et qui profiterait à tous. Ces achats étaient-ils de première nécessité ? Oui, mille fois oui, et qu'on ne lui dise pas qu'elle préparait une évasion avec pour guide un livre de géographie destiné aux 5-12 ans !

Tout comme l'anniversaire, l'Épiphanie avait été oubliée. On était encore en janvier et Solange avait décidé, le matin en faisant ses courses, que les rois pouvaient encore être tirés. Elle allait, le soir même, forcer sa famille à renouer avec la gaité. Elle avait adopté depuis plusieurs années comme devise, la phrase au départ anodine et même un peu désabusée d'une de ses copines : « On fait des gâteaux aux anniversaires et des crêpes à la Chandeleur ». Depuis les premiers confinements, l'application de cette maxime était devenue pour elle un acte de résistance, une arme dans sa guerre contre les événements. Si nos vies et nos actes pouvaient sembler absurdes, minuscules et perdus dans l'histoire de notre planète flottant parmi l'infini désertique de l'Univers, ils étaient d'autant plus vidés de tout but et de toute substance par l'absence de perspectives inhérente à une vie cloîtrée. Le sens pourtant, croyait Solange, pouvait se retrouver dans l'accomplissement de rituels en apparence dérisoires et terre à terre. Autrefois, quand elle côtoyait en vrai des gens, la mise en pratique de cette conviction lui avait attiré mépris et moqueries. Elle était pour ses collègues une ménagère trop consciencieuse, une pondeuse d'enfants, un peu bêbête et bornée, malencontreusement née avec des œillères qui limitaient son champ d'expression aux tâches domestiques et lui rendaient inaccessibles les richesses philosophiques et métaphysiques du monde.

Le fait est que Solange avait admis depuis longtemps qu'aucune théorie, aucun concept, n'auraient pu l'aider autant que l'aidaient, comme en ce lundi après-midi, le pétrissage et le pliage d'une pâte feuilletée. Elle s'y investissait pleinement, et c'est avec la certitude de faire un choix politique et philosophique qu'elle avait exceptionnellement arrachés Hélias et Malo à leurs exercices scolaires pour les coller à la réalisation et à la décoration de couronnes en papier. La galette des rois, les crêpes, Mardi gras, les chocolats de Pâques, les bains moussants et les petits fours devant le film du samedi soir étaient autant de crampons qui ancraient sa vie au calendrier, structurant d'échéances un peu festives à court terme, le non-sens sans fin de leur enfermement. Elle ne pouvait pas dire à ses enfants quand ils seraient libérés ni s'ils le seraient un jour, mais ce soir elle leur annoncerait qu'on fêterait les rois et que ce plaisir n'arrivait qu'un mois par an. Espérer la fève, se cacher sous la table pour distribuer au sort les parts, complimenter Malo pour le coloriage des couronnes en papier, rendrait cette fin de mois de janvier différente et donnerait une raison de vivre jusqu'au mois de janvier suivant.

Armelle, pendant ce temps, s'agaçait de voir sa mère donner toutes les quinze minutes des « tours » à sa pâte, pliée et beurrée, comme si sa vie en dépendait. N'avait-elle donc rien de plus important à faire ? Le destin d'Armelle serait-il, comme celui de sa mère, de naviguer entre un ordinateur et le supermarché pour n'avoir enfin que la confection du dîner comme moyen d'exprimer son énergie et son talent ? Quel manque d'ambition et d'imagination ! Malgré son dégoût pour cette vie médiocre, Armelle craignait d'avoir déjà emprunté le chemin lâche et décevant qui y conduisait. Elle respectait toutes les règles et travaillait si sagement ! La résignation de sa mère la révoltait. Devrait-elle prendre exemple sur cette femme mal peignée qui pataugeait dans la farine inutilement ? Ne pouvait-on sortir de la passivité pour autre chose que pour bouffer ? Armelle en colère voulait agir et désobéir. Le respect des règles sanitaires n'avait pas épargné à ses parents d'être dénoncés, surveillés et intimidés. Elle se sentait bouillir. Elle voulait sortir. Elle en avait assez d'attendre. Attendre la fin de la pandémie. Attendre d'être grande. Attendre d'avoir un métier qui ne la satisferait pas. Attendre de changer de logement… pour aller où ? Et comble de l'idiotie, attendre un message porté par un chat.

Le soir au dîner, Malo était fier de ses coloriages et surtout fier de s'être rendu utile dans la préparation de la petite fête. Solange distribua les livres qui produisirent des exclamations de joie. La galette, gonflée, striée et dorée, occupait la moitié de la table de la cuisine. Le feuilletage était parfait, la crème d'amande fondait. Armelle n'eut pas la fève, mais après mille colères, elle avait retrouvé le sourire. Elle avait enfin pris une décision qui la libérait d'un grand poids : peu importait ses parents, ses voisins, les gendarmes et la lâcheté, avant la fin de cette semaine, elle sortirait.

Chapitre 12

Intimidée et apeurée, Armelle grelottait.

Plusieurs jours étaient passés depuis la décision qu'elle avait prise de sortir seule en cachette après le couvre feu. Il ne suffisait pas d'ouvrir la porte au milieu de la nuit comme elle le pensait. Si les chaussures étaient rangées dans le couloir et faciles d'accès, il lui faudrait aussi attraper son manteau dans la penderie de la chambre de ses parents. Hélas Solange, telle un dragon gardien, avait le sommeil léger.

L'escapade envisagée devint rapidement un ample projet d'évasion dont Armelle ne négligea aucun détail. Un heureux hasard voulu que sa mère annonce pendant le déjeuner du jeudi 1er février qu'elle mettrait tous les manteaux dans la machine au retour de leur sortie de l'après-midi pour ne pas oublier de les laver le lendemain matin. Le vendredi 2 s'annonçait trop pluvieux pour profiter de l'heure de sortie, et les manteaux auraient le temps de sécher aux radiateurs avant le week-end. Dans un appartement sans buanderie, sans extérieur et sans espace pour y loger un sèche-linge, la lessive des draps et des gros vêtements devenait chaque fois un événement important.

Armelle, sous prétexte qu'elle s'ennuyait, rentra ce jour-là dix minutes avant tout le monde de la promenade quotidienne sur les parkings. Une fois dans l'appartement, elle attrapa précipitamment un tabouret pour retourner dans le hall de l'immeuble et s'y percher afin de dévisser légèrement les ampoules des plafonniers qui étaient équipés de détecteurs de mouvements. Elle avait poussé ses parents et ses frères à sortir tôt après le déjeuner pour jouer dans la pleine lumière du début d'après-midi. Il était important de ne pas être dehors à la tombée du jour afin qu'aucun membre de la famille ne remarque, au retour, la défaillance de l'éclairage automatique. Elle ne pouvait pas se permettre de laisser s'illuminer les parties communes quand elle sortirait dans la nuit. Elle mit également à profit ses derniers instants de solitude pour imbiber d'huile de cuisine un papier absorbant et en badigeonner les gonds de la porte d'entrée qui grinçait par moments. Certaine qu'une trop grande perfection aurait attiré des soupçons, elle suspendit, avec le sentiment de préparer le crime parfait, son manteau, son écharpe et ses gants, dans l'armoire de ses parents. Comme prévu, Solange s'énerva, en rentrant quelques minutes plus tard, du manque de considération dont faisait preuve la fille pour le travail de sa mère. Elle lui reprocha d'être indifférente à sa famille et de ne pas faire attention à leurs conversations. Pour finir, elle attrapa d'un geste rageur les vêtements chauds d'Armelle et les lança les premiers dans le tambour de la machine à laver.

Très agitée, Armelle n'avait pas eu, le soir venu, de mal à rester éveillée jusqu'à l'endormissement complet de la maisonnée. Elle savait que son père mettait son réveil à quatre heures du matin afin de lever Malo et de le porter, aux trois quarts endormi, jusqu'aux toilettes pour un pipi de milieu de nuit. Tarek préférait cette courte corvée au risque d'avoir à essuyer des pleurs et des draps mouillés si le petit venait à s'oublier.

Armelle se retrouva donc dehors à deux heures, seule et soudain désemparée dans un espace vide qu'elle ne savait pas appréhender.

Elle avait tout prévu, sauf ce qu'elle ferait une fois sortie. La lune venait de se lever. Elle en était à son dernier quartier, et Armelle avait compté sur son éclairage pour rendre inutile l'usage d'une lampe de poche qui aurait pu la faire repérer. Elle n'avait cependant pas imaginé que la nuit serait si claire. Elle se sentait vulnérable, à découvert.

Heureusement toutes les fenêtres des immeubles qui donnaient sur le front de mer étaient fermées. Armelle prit donc le risque de s'élancer sur le chemin qui séparait les habitations de la plage. Elle traversa la piste cyclable et s'engagea dans le sentier des dunes qui montait puis descendait vers l'océan. Une fois passée la butte, dissimulée par le dénivelé, elle s'assit un moment, le cœur battant, à l'abri des hautes herbes. Elle enfonçait ses mains dans le sable froid et renouait avec d'anciennes sensations. Les grains glissaient entre ses doigts. Autrefois, la base nautique construite à sa droite à même la plage, éclairait la côte de ses puissants projecteurs. Maintenant abandonné, le centre de loisirs avait éteint ses feux. Tout semblait vide, et malgré la lune qui la rendait visible, Armelle s'aventura sur la plage. Elle marcha vers l'eau, attirée par le bruit des vagues dont elle ne distinguait, dans la nuit, que les franges blanches d'écume. S'approchant trop près, elle mouilla ses chaussures et sursauta plus de plaisir que de désagrément. L'excitation lui faisait oublier qu'elle tremblait de froid malgré son manteau. Faute d'autres vêtements accessibles, elle avait passé sur son pantalon de pyjama de hautes chaussettes de Noël, l'une rouge, l'autre verte, en jacquard étoilé, qu'on accrochait en décembre au pied du sapin et que Solange avait rangées dans un placard de la chambre des enfants avec toutes les décorations.

Le vent s'était levé. Une brume de grains de sables qui roulaient vers l'Ouest, rasait le sol, le faisant paraître flou et mouvant. Sous les boots de la jeune fille, le sable mouillé avait été sculpté par les vagues en lignes parallèles. À cet instant, Armelle regretta de ne pas avoir de vrais cours de physique. Son père lui avait raconté un jour que ces lignes s'expliquaient par la théorie des ondes. Une seule fois, au cours d'un été d'avant les confinements, elle avait remarqué que le sable avait été modelé non plus en lignes parallèles, mais en motifs carrés, nés de la rencontre de deux courants contraires en bord de mer, l'un vers l'Ouest, l'autre vers l'Est, qui avaient rendu ce bout de rivage semblable aux pavés de granit du parvis de son école parisienne. Elle était alors trop jeune pour comprendre, et maintenant qu'elle sentait que cette culture scientifique lui manquait, elle n'avait droit, pour tout enseignement qu'à des travaux dirigés d'informatique en ligne où un prof de physique incompétent leur faisait tracer sur des logiciels de dessin des molécules sans en expliquer le rôle ni la structure, leur demandait de calculer des moyennes sur des tableurs sans leur avoir jamais appris ce qu'était une moyenne, et les évaluait sur le tracé de graphiques établis à partir de données d'expériences qu'aucun élève n'avait jamais vues ni expérimentées en vrai. L'enseignement à distance avait permis de supprimer les labos qui avaient coûté bien cher en aménagement, en personnels et en matériels aux établissements d'enseignements secondaires. Pourquoi offrir à toute une génération une formation fort onéreuse de physique pratique supposée déboucher sur l'apprentissage de la démarche scientifique, alors que quatre-vingt-dix-neuf pourcents des travailleurs n'avaient pour vocation que de faire fonctionner, sans les comprendre, des programmes et des protocoles pensés par d'autres, en appuyant sur des boutons ?

Armelle avança contre le vent vers l'estacade, puis la longea, passant la main sur les grappes luisantes de moules accrochées à ses poutres de bois et de métal. Si elle n'était pas venue là sans permission, elle aurait pu en rapporter des chapelets à sa mère pour qu'elle les cuisine à la crème fraîche, aux oignons et au vin blanc. Au pied des piliers, des flaques d'eau salées, laissées par la marée, abritaient toutes sortes d'algues et de créatures vivantes. Armelle y trempa ses mains, un peu inquiète de ce que ses doigts pourraient rencontrer dans l'obscurité. Passant au-dessus de ses craintes, elle voulait tout toucher, tout respirer, et se souvenir de tout.

L'immense jetée en bois qui avançait de quatre cent mètres dans la mer semblait endormie, abandonnée qu'elle était des touristes. Imposante, inutile et oubliée, elle fascinait Armelle dont le cœur débordait de gratitude pour cette compagne d'infortune. Elle voyait en cet ouvrage de planches échoué, souvenir d'une autre époque, une présence complice, une amie. Imprudente, euphorique, elle s'en éloigna en courant et en tournoyant pour s'offrir, la tête renversée, un point de vue sur le ciel. Fière, elle reconnut la constellation d'Orion qui brillait à la verticale de la plage, indifférente aux lois mesquines pullulant sur la Terre.

Soudain Armelle se figea, croyant avoir aperçu un autre promeneur. Ce n'était que son ombre, projetée par la lune. Elle sourit de soulagement, mais cet avertissement la rendit plus attentive. Il était temps : au loin sur le remblai, venaient d'apparaître les phares d'une voiture qui se rapprochait. Armelle courut se cacher sous l'estacade, et se colla contre un pilier. Immobile, heureuse que le ballet du sable soufflé par le vent ait déjà effacé ses traces de pas, elle attendit. Le véhicule venait de s'engager sur l'estacade. Il avançait au pas, ses roues cognant avec un bruit sourd et régulier, les poutres qui avaient servi à construire ce chemin sur l'eau, à l'origine destiné aux piétons. Un détachement de gendarmerie faisait sa ronde. Avait-elle été vue ? Venait-il pour elle ? La patrouille passa au-dessus de sa tête. Serrée contre son poteau, souhaitant ne faire qu'un avec lui, Armelle avait les pieds dans l'eau. Les chaussettes de Noël en voyaient de belles... Le temps paraissait infini, et Armelle espéra que Malo n'avait pas fait pipi au lit. À présent son expédition qu'elle croyait si bien préparée se révélait bien hasardeuse. Un cauchemar d'un de ses frères avait pu réveiller ses parents. Tarek et Solange étaient peut-être en ce moment fous d'inquiétude. Et si son père était parti à sa recherche ? Que faire si les gendarmes décidaient d'explorer à pied la plage ? Mais la voiture revenait. Armelle la sentit de nouveau rouler au-dessus d'elle, puis elle s'éloigna, et disparut vers la ville.

Le charme était rompu. Armelle couru jusqu'à chez elle. Aucune lumière ne filtrait des volets roulants de son appartement. Aucun bruit ne passait sous sa porte. Discrètement, elle se glissa dans le couloir, près de la chambre de ses parents. En dehors de son père qui ronflait, tout était silencieux. Elle retira ses chaussures et ses chaussettes trempées qu'elle cacha sous son lit. Elle y penserait après. Elle enfouit au fond du tambour de la machine à laver son manteau, là où elle l'avait pris en sortant. Avec un peu de chance, sa mère lancerait sa lessive sans voir que le vêtement avait été mouillé. Son bas de pyjama était à peine humide, ça pourrait aller.

En se glissant sous sa couette chaude, propre et sèche, Armelle apprécia pour une fois la paix de sa chambre, la respiration rassurante de ses frères et la sécurité de son foyer. Elle sentait qu'elle avait mis de côté, provisoirement, sa colère et le dégoût des murs, qui l'enfermaient certes, mais qui la protégeaient. Une demi-heure plus tard, elle n'entendit pas son père qui venait réveiller Malo.

Chapitre 13

En se réveillant le matin après sa sortie nocturne illicite, Armelle avait senti tout contre elle, la chaleur de Bonbon. Sa première pensée au contact de la petite chatte avait été qu'elles partageaient maintenant la même expérience de bien-être et de paresse matinale : comme le lit semblait bon, comme les muscles appréciaient la chaleur et le repos, comme le sommeil était doux et profond, après une marche dans la nuit froide ! En caressant le cou du jeune animal assoupi, Armelle avait senti la feuille de papier pliée, roulée dans son collier. La réponse d'Alexandre, enfin ! Alors même qu'elle avait cessé d'espérer, et qu'elle commençait à oublier combien elle l'avait attendue...

Alexandre n'avait tout simplement pas compris tout de suite la fonction ni les propriétés du collier d'agent secret qu'Armelle avait fabriqué. Il avait joué avec la chatte sur la plage plusieurs jours de suite avant de découvrir le message d'Armelle glissé dans la doublure du tissu.

Ainsi furent posées, ce vendredi 2 février, les prémices d'une correspondance qui ne tarda pas à s'épanouir. Les jours qui suivirent, Bonbon s'acquitta à merveille de sa tâche de messagère, bondissant de l'appartement à la plage, et de la plage à l'appartement en quête de jeux, de caresses et d'appétissantes récompenses généreusement distribuées des deux côtés.

Une semaine passa sans que ni Armelle, ni Alexandre ne cède à la facilité de glisser son numéro de téléphone dans le collier. Très vite, le contenu des messages avait changé. De polis et d'enfantins, ils étaient devenus, au fil des allers-retours de part et d'autre du chemin côtier, personnels et sérieux. En cette période de délation, les deux adolescents à qui l'innocence d'une amitié naissante aurait été dangereuse, se testaient. Armelle appréciait l'usage désuet du papier. Alexandre se méfiait de la surveillance des réseaux sociaux. Armelle avait-elle choisi de faire implanter sous la peau de son poignet une de ces micropuces RFID qui facilitent diverses actions du quotidien comme les commandes et les paiements en ligne, ou le suivi de sa santé, mais qui vous pistent sans fin à moins de vous mutiler la main ? Savait-elle échapper à la surveillance de son I phone et au traçage des informations fournies par l'examen de l'historique de ses recherches Internet ? Que pensait Alexandre de ce confinement qui le rendait maître de la plage et enrichissait son père par la récolte, sans culture ingrate ni concurrence, de la matière première, gracieux cadeau de l'océan, d'un précieux engrais bio ? Remerciaient-ils chaque jour à l'heure du bénédicité, le gouvernement ?

Au fil de leurs échanges, Armelle et Alexandre prirent le risque de se faire confiance. Au soir du 9 février, alors qu'Armelle rangeait ses affaires scolaires avant le repos hebdomadaire dûment inscrit sur le planning punaisé au mur de Solange, elle sortit du collier une citation d'un vieil article de 2007 du journal *le Monde* qu'Alexandre avait trouvée inspirante et qu'il lui offrait, comme une meilleure preuve de respect et de complicité que ne l'aurait été un bouquet : « *Les populations des contrées industrialisées sont si obsédées par la sécurité, la santé et le bonheur consumériste, qu'elles ont renoncé à tout idéal de liberté, y compris au sens rudimentaire de protection de la vie privée contre les grandes puissances de la société moderne.* »[3]

(3) Michel Alberganti, journaliste, cité dans La liberté dans le coma, *du groupe Marcuse aux éditions La Lenteur, 2012.*

Armelle admirait le travailleur manuel qu'elle ne s'attendait pas – avec ses préjugés de fille de prof – à trouver si curieux, si cultivé. Sans doute un tantinet trop sérieux. Il avait trois ans de plus qu'elle, et sa réflexion sur le confinement dépassait et nourrissait la haine intuitive qu'Armelle en avait. Elle écoutait maintenant plus attentivement les conversations de ses parents qui accusaient, non pas des systèmes politiques autoritaires, mais bien la population entière, pas seulement de l'acceptation, mais de la recherche d'une vie cloîtrée, comme le feraient des animaux sans instinct qui idéaliseraient la sécurité d'une cage. Tarek savait bien que si les quelques journaux papier qu'il commandait n'étaient pas censurés, c'était parce qu'aucun dirigeant ne prenait au sérieux les protestations de groupuscules épars de la gauche libertaire qui publiaient quelques articles si peu lus et si peu crus, qu'ils ne représentaient aucune menace pour les pouvoirs en place. C'était un peu comme si des parents compréhensifs laissaient jouer avec un pistolet en plastique un enfant turbulent qui aurait voulu se démarquer d'une fratrie plus sage et plus âgée. Ce n'était pas sérieux et il rentrerait vite dans le rang.

Tarek pourtant ne se décourageait pas et gardait foi en l'action de ces publications marginales que le pouvoir traitait avec condescendance. Un jour elles aideraient au réveil de la conscience collective.

Il avait d'ailleurs prévu de consacrer son après-midi du samedi 10 février à la lecture du dernier mensuel contestataire reçu par la Poste le jeudi précédent, mais les facécieux dieux du week-end en avaient décidé autrement. Il n'avait pas trouvé son journal dans le salon, et, loin d'imaginer que c'était Armelle qui, dans sa nouvelle passion pour la politique, le lui avait piqué, il avait commencé à pester contre le désordre de l'appartement et contre la manie que sa femme avait de tout ranger n'importe comment.

Solange à ce moment là touillait une sauce béchamel. Depuis quelques minutes déjà son agacement croissait. Elle se savait injuste, mais supportait mal de se battre avec ses casseroles pendant que son mari s'asseyait dans le canapé. Bien sûr, après le dîner, quand il ferait la vaisselle, la situation s'inverserait, mais là maintenant, ça l'énervait. Elle était énervée d'être injuste, énervée d'être énervée, mais c'était plus fort qu'elle et c'était comme ça.

La main gauche occupée à tourner en rond inlassablement une grosse cuillère en bois dans la béchamel, Solange cherchait de la main droite, au-dessus de la gazinière, à l'aveugle dans un placard, la planche à découper les oignons. Hélas point de planche à découper sous cette main qui fouillait à tâtons, bientôt contrainte à l'abandon. Où Tarek avait-il pu ranger la planche après sa dernière vaisselle ? Inutile de l'interpeller alors qu'il explorait tous les recoins et soulevait tous les coussins à la poursuite de son mensuel. Solange se résigna donc à ouvrir les placards un par un, même les plus hauts, déplaçant pour cela plusieurs fois dans un épuisant mouvement de translation le tabouret sur lequel elle montait, puis descendait, puis montait encore, à seule fin de trifouiller dans tous les casiers perchés au plafond de la cuisine. Au moment où Solange retrouvait la planche à découper glissée avec les moules à gâteaux et les boîtes en plastiques qui, toutes, lui tombèrent sur la tête avant d'atterrir dans la poubelle ou d'aller rouler sous le four, Tarek commençait à récriminer.

La béchamel, laissée à elle-même quelques minutes, avait fait des grumeaux. Solange ne savait pas où était ce journal idiot écrit par des gauchistes pédants ramollos du cerveau ! Ils brassaient peut-être de grandes idées, mais en attendant la sauce était gâchée. Alors qui rangeait tout n'importe comment dans cet appartement ? Et par la faute de qui avait-elle trouvé le matin même la paire de chaussettes avec des papillons jaunes d'Armelle dans l'armoire d'Hélias ? Sans parler de son pantalon bleu qu'elle croyait disparu et sur lequel elle était tombée par hasard dans le placard de sa fille. Solange avait de plus petites jambes, et elle avait de plus grosses fesses, c'était facile à voir, non ?

Armelle avait posé le journal. Elle hésitait à le rendre alors qu'elle était au milieu de la lecture d'un article qui l'intéressait. Si son larcin avait lancé la dispute, elle savait que l'avouer ne pourrait rien apaiser. Mieux valait œuvrer pour garder l'équilibre entre ses parents en leur laissant penser qu'ils avaient chacun perdu un truc. Elle se remit donc à lire au moment où Tarek expliquait pour la millième fois qu'il ne pouvait pas savoir qui portait quoi de ces textiles chinois fabriqués à un centime qu'on leur vendait cent euros. Il n'aimait pas les chiffons et il ne pouvait pas savoir dans quelle armoire se rangeaient quelles chaussettes. C'était inimaginable, immuable, génétique !

Bonbon, qu'Armelle n'avait pas réussi à attraper depuis la veille, fit son apparition. La jeune fille l'appela, l'embrassa et examina son collier. Alexandre, contre toute attente, y avait glissé son numéro de téléphone, spécifiant de ne l'utiliser que pour écrire des messages anodins et sans intérêt, indignes d'être espionnés. Leurs véritables échanges devaient continuer à passer par Bonbon, mais si jamais leur relation venait à être soupçonnée, mieux valait une communication banale qu'une absence de communication suspecte.

Armelle immédiatement écrivit : « Bonjour, ça va ? ». Alexandre, quelques secondes plus tard répondit : « Super, et toi ? ». Puis bippa un deuxième message. C'était une vidéo. Sans parole, sans personnage, sans indication de temps, sans histoire, elle montrait la plage qu'Alexandre avait sans doute filmée la veille, un paradis inaccessible bien que situé à quelques dizaines de mètres de là. Pendant que Solange criait de l'autre côté de la cloison qu'à travail et niveau d'études égaux, il n'y avait aucune raison pour qu'elle ait, seule, reçu en héritage — maternel certainement — le gène de la chaussette, Alexandre offrait à Armelle une minute et quatorze secondes de soleil, d'algues et de bécasseaux sanderling trottant sur les vagues.

Chapitre 14

Solange était fatiguée. La fin de semaine approchait, triste et molle. Encore deux jours et ils seraient en vacances. Il était temps. Dans la nuit, Hélias avait fait une terreur nocturne. Les yeux ouverts sur le néant, ne reconnaissant personne, il avait hurlé et frappé pendant quinze minutes. Une éternité. Malo ne s'était pas réveillé. Il dormait profondément, en bébé. Armelle, cachée sous la couette, s'était plaqué le traversin plié sur les oreilles. Solange avait eu l'impression que sa fille ne s'était pas assoupie depuis son coucher jusqu'au moment où les cris de son frère avaient fait débouler ses parents dans la chambre. À quoi pouvait-elle bien s'occuper, fraîche et lucide, au milieu de la nuit ? Très perturbée par le comportement de son fils, Solange avait vite oublié de s'inquiéter pour sa fille. Mal positionnée à essayer d'étreindre Hélias de face quand il aurait fallu le ceinturer par derrière, elle s'était pris, en voulant le protéger de lui-même, des coups de pieds dans la poitrine et des coups de griffes sur le nez.

Ces terreurs nocturnes auraient dû cesser depuis des années. Quelles visions infernales, oubliées au réveil, pouvaient à ce point terrifier un enfant épargné par la faim et par les mauvais traitements ? Un toit sur la tête, des repas variés dans les assiettes, la sécurité, des jouets et de l'instruction : tous les besoins humains étaient comblés. Certains proclamaient même qu'un âge d'or avait été atteint grâce au confinement. Alors d'où venaient ces cris qui lui déchiraient l'âme ?

Solange avait eu du mal, cette nuit-là, à retrouver le sommeil. Tarek ronflait. À peine la paix revenue, il s'était allongé pour reprendre sans difficulté le cours de sa nuit. Pragmatique, il croyait, pour le quotidien, aux règles simples : à l'heure de dormir on dormait, à l'heure de manger on mangeait, et tant que Dieu nous donnait la force de tenir sur nos jambes, on se levait le matin. Il fallait bien avouer qu'il s'était réveillé en meilleure forme que sa femme. Enchaînée à son écran, elle se concentrait difficilement sur son travail malgré deux tasses de café dont elle détestait l'amertume mais qu'elle avait adouci d'un peu de lait et de beaucoup de sucre. Il devait être dix heures. Ses paupières clignaient. Elle cliquait.

Depuis deux heures elle cliquait. Elle avait demandé à ses élèves de lui rendre un devoir pour la veille, le mercredi 21 février, en espérant pouvoir corriger tous leurs travaux avant le vendredi soir, début des vacances. Hélas, les retardataires étaient nombreux, qu'ils aient été fainéants ou sincèrement victimes d'un problème informatique.

Sur les cent vingt lycéens qui devaient lui rendre un devoir d'arithmétique traitant de congruences, une petite trentaine seulement avaient, dans les temps, envoyé un mail contenant le travail demandé sous forme d'une pièce jointe au format reconnaissable. Solange savait qu'elle n'en récupèrerait en tout pas plus de soixante, même après de multiples relances. Elle s'en disait désolée, et l'était sans doute un peu, mais pour être honnête, sans l'abandon temporaire ou définitif de certains élèves, elle n'aurait pas pu s'en sortir.

Chaque devoir donnait lieu à plusieurs échanges de mails. Le monde parfait du numérique comptait, dans la promotion qu'il faisait de ses qualités, sans l'imperfection des élèves qui ne comprenaient pas toujours les énoncés, effaçaient ou échouaient à ouvrir les pièces jointes, oubliaient les dates, ou ne pouvaient que difficilement s'organiser avec un ordinateur dans une famille de cinq. Pour chaque devoir reçu, trois ou quatre échanges de messages étaient nécessaires. Certains appelaient au secours au milieu d'une nuit ou d'un jour férié, perdus dans une temporalité qui exigeait l'immédiateté. Solange envoyait des mails. Solange recevait des mails. Solange téléchargeait des pièces jointes. Elle les archivait. Elle créait des dossiers et des sous-dossiers. Au nom et à la photo – parfois à l'avatar – de l'élève, au nom du groupe, du chapitre, du diplôme, de la date. Elle recherchait le vrai patronyme d'inscription du « bo gosse du 93 », de « blakpanter », de « The Demon » et de « frb2008 ». Quand elle échouait à mettre un nom officiel sur un pseudo vantard ou provocateur qu'un adolescent avait choisi pour ses copains en oubliant qu'il l'utiliserait pour ses profs, elle cliquait sur « répondre » et demandait : « J'ai bien reçu votre message, mais vous êtes qui ? ». S'ensuivait un autre va-et-vient sur les chemins magiques de l'Internet dont Solange avait renoncé à calculer l'empreinte carbone. Certains élèves qui écrivaient trop mal ou avec trop d'efforts, préféraient enregistrer un message vocal VMS en MP3, WAVE ou PCM depuis une API. Tout ceci sauvait-il plus les arbres de la planète que les anciennes copies doubles, grand format perforées des vieilles listes de fournitures scolaires que les parents promenaient, pliées, froissées, annotées et barrées, dans les rayons surpeuplés des supermarchés les jours de rentrée ?

La connexion WI-FI venait de sauter. Il fallait tout recommencer : ouvrir de nouveau l'Environnement Numérique de Travail (ENT) de la plateforme de cours virtuels du ministère, entrer les codes, attendre, cliquer. Ouvrir la messagerie de l'ENT. Cliquer. Cliquer sur la pièce jointe et choisir de l'enregistrer, autre clic. Cliquer sur l'explorateur de fichiers et ouvrir le dossier téléchargements : deux clics. Cliquer droit sur le document téléchargé pour le renommer du nom de l'élève, de son groupe et du sujet de l'exercice. Certains élèves, pour un devoir, envoyaient plusieurs messages : un pour chaque exercice, au fur et à mesure de leur avancement. Pour ceux-là, créer un sous-dossier. Double-cliquer gauche pour vérifier la lisibilité du document envoyé. Cliquer pour le retourner. Les élèves les mieux organisés envoyaient un scan propre. Les autres, les plus nombreux, prenaient une photo. Certaines photos étaient floues, illisibles, trop petites. Sur d'autres on voyait en partie la copie, mais surtout le bureau, la trousse, le canapé, et sous la feuille, le cours d'anglais qui dépassait. Dans certains mails il y avait plein de bonjours, de souhaits de santé et de formules de politesse, mais pas de pièce jointe. Alors Solange répondait, retournant formules de politesse et souhaits de bonne santé, pour signaler que la pièce jointe avait été oubliée. Ou mal téléchargée. Ou volatilisée dans les caprices du réseau. Certains formats étaient inadaptés. D'autres carrément inconnus. Jpeg, jpg, pdf, doc, odt OK, mais heic ? Heic ne passait pas. L'ordinateur de Solange digérait toujours mal ce format. Solange trouvait donc des astuces et des contournements, qui fonctionnaient un jour, mais pas le lendemain. Elle cliquait droit, copiait, collait, capturait, imprimait écran. Elle recollait sous word. Elle sauvegardait. Classait. Rangeait. Clic-clic-clic-clic-clic-clic-clic-clic-clic-clic. Parfois Solange reconnaissait l'élève mais se trompait de groupe. Elle devait alors cliquer sur un autre onglet et vérifier ses listes de groupes sur l'ENT.

À 11h30 la boîte mail de l'ENT afficha une mise à jour système et planta.

Solange s'arma de son téléphone et ouvrit sa boîte mail professionnelle qui était différente et sécurisée autrement que sa boîte mail de l'ENT. Celle-ci devait servir exclusivement aux messages du ministère et aux bons vœux des inspecteurs, aux consignes officielles, aux offres de formations virtuelles sur EXCEL et sur PYTHON, aux informations syndicales sur les salaires et aux propositions de manifestations en ligne par des hashtags de contestation. Pour se syndiquer et pour protester contre le ministre de l'Éducation, alternative aux rassemblements physiques interdits par son ami le ministre de la Santé, il fallait aussi cliquer.

Par prudence, Solange avait donné l'adresse de cette messagerie à ses élèves. Elle avait aussi fini par donner son numéro de téléphone personnel. Peut-être un jour serait-elle victime d'un harceleur ou d'un troll, mais la saturation fréquente des réseaux pédagogiques imposait presque de les doubler par des moyens de communication personnels, au mépris de la prudence et du cloisonnement entre métier et vie privée.

De chaque côté on galérait. Une élève avait déjà envoyé, sur la boîte professionnelle presque saturée de messages automatiques alertant de la saturation prochaine de la messagerie, un mail pour signaler que dix autres n'arrivaient pas à se connecter. Et déjà le téléphone sonnait : deux autres élèves perdus sur les chemins, momentanément barrés, de l'ENT avaient bifurqué par le réseau mobile. Des dizaines de photos s'enregistraient sur le WhatsApp de Solange.

Solange avait perdu son métier. Elle n'enseignait plus, elle archivait. Quelle proportion de sa matinée aurait-elle, ce jour-là, consacré à expliquer des mathématiques ? On se rapprochait de zéro. Tout n'était que clics et parades techniques. Quelle partie du cerveau – du sien mais aussi de celui de ses élèves – avait-elle fait travailler ? Quelle nourriture intellectuelle avait-elle servi aux jeunes dont elle avait, pour quelques heures, la charge ? Elle se faisait l'effet d'un vendeur de barbe à papa. Que restait-il donc dans la bouche et dans l'estomac de cette friandise gonflée d'air qu'on avalait sans mal mais qui ne ferait jamais un repas ?

Peu de gens comprenaient son aversion pour l'informatique que tous jugeaient proche des mathématiques. Ne fallait-il pas être rigoureux et avoir l'esprit scientifique pour apprécier ces deux disciplines ? L'informatique avait des règles et la programmation quelques vertus logiques, mais elles étaient trop souvent soumises aux caprices d'une surcharge de fréquentation, aux variations de tension, à des mises à jour, à des fluctuations inexpliquées et à des changements de codages insoupçonnés. Un peu de poussière dans les rouages pouvait aussi tout changer.

L'informatique agaçait Solange, l'énervait. Il ne réagissait pas assez vite à une commande correcte et lui effaçait tout immédiatement pour une erreur de frappe. Trop souvent, au moment où elle allait finir un travail et enfin reposer ses nerfs et ses yeux, un message sur l'écran lui indiquait que son programme ne répondait plus. Elle perdait parfois une demi-heure, ou une heure de travail. Pas un drame, mais des contrariétés.

Les mathématiques ne la contrariaient pas. Les méthodes de résolution d'une équation ne changeaient pas selon d'obscures variantes sur des versions 2.0 ou 3.5. Les problèmes avaient une stabilité temporelle qui la ravissait. Solange n'était pas brillante. Elle n'avait aucun instinct ni aucune spontanéité. Jamais une ampoule ne s'était allumée dans sa tête au moment de démontrer un théorème ni même un lemme[4].

(4) *Résultat mineur, préalable à la démonstration d'un théorème.*

Solange s'était simplement rendu compte de son apaisement étonnant lorsqu'elle planchait sur des devoirs de quatre heures pendant ses études. Ces moments de stress pour la majorité des étudiants étaient pour elle des moments de sérénité. Dans le silence de la chapelle du lycée aménagée en salle de devoirs, plus rien n'existait en dehors des questions de l'énoncé. Les résultats à démontrer étaient si complexes qu'ils accaparaient son cerveau intégralement sans laisser aucune place ni pour des soucis, ni pour des états d'âme. Aucune antithèse n'existait à ses démonstrations. Il n'y avait pas de contradicteurs, pas de débats, pas d'arguments. Il n'y avait pas de logiciels qui plantent, ni d'orage dans l'air et aucune envie ne la prenait de donner un bon coup de pied dans l'unité centrale pour défoncer la carte mère. Soit elle échouait à démontrer, soit elle réussissait. Soit une faille rendait son raisonnement faux, soit il était vrai de la seule vérité vraie qui puisse exister : le vrai mathématique démontré par des générations qui s'étaient transmis le flambeau d'un absolu fondé sur des postulats millénaires.

Solange comprenait lentement. Quand elle ne comprenait pas tout, elle ne comprenait rien. Sa lente recherche de la clarté absolue avait fait d'elle une étudiante sans génie, mais elle était devenue une bonne prof, très appréciée des élèves en difficulté. Comme elle devait elle-même travailler au fond des choses pour comprendre, comme une seule zone d'ombre lui gâchait tout, elle découpait chaque exercice et chaque propriété en petites briquettes élémentaires d'une grande simplicité qu'elle assemblait ensuite comme une figurine de lego, de la simple maisonnette carrée au plus grand vaisseau Star Wars. Elle savait ainsi décomposer toutes les difficultés de ses élèves et répondre à leurs questions par des chaînes d'affirmations simples qui paraissaient compréhensibles et en devenaient rassurantes pour les cancres.

Avait-elle répondu à des questions ce jour-là ? Avait-elle utilisé ses qualités ? Elle avait cliqué. Et le pire était à venir puisque les programmes scolaires remplaçaient de plus en plus les notions mathématiques par des cours d'utilisation de tableurs ou de logiciels de calculs formels. Il n'était plus nécessaire de savoir ce qu'était une moyenne pour en calculer une, et l'obtention des résultats ne venait plus par l'application de raisonnements intelligents, mais pas l'exécution aveugle et disciplinée d'un protocole appris par cœur ou d'une chaîne de commandements. On ne faisait même plus semblant de vouloir former des êtres pensants. On formait des exécutants.

Solange attendait l'heure du déjeuner. Elle était épuisée. Épuisée par sa nuit, et épuisée par le vide.

Chapitre 15

Le jeudi 22 février 2024 s'achevait. Contrairement aux habitudes familiales, tout le monde s'était couché tôt. Dans l'appartement, la seule lumière encore allumée était celle de l'écran du téléphone portable d'Armelle. Ses écouteurs dans les oreilles, la jeune fille repassait en boucle la minute dix-neuf d'un enregistrement qu'Alexandre lui avait envoyé vers 18 heures. Libre, grâce au travail qu'il faisait pour son père, de marcher entre mer et forêt, l'apprenti goémonier avait capturé le jacassement de pies rassemblées près d'un petit lac tout proche. Dans leur code, ce message annonçait que ce soir, ils se verraient.

Armelle s'était préparée avec autant de soin que lors de sa première sortie nocturne en solitaire. Il était entendu qu'elle enverrait par SMS un remerciement anodin au témoignage ornithologique d'Alexandre. Ce serait le signal que la maisonnée dormirait assez profondément pour lui permettre de s'échapper. Il était tout juste vingt-deux heures. Ses parents et ses frères, épuisés par les cris de la nuit précédente, avaient vite sombré dans le sommeil. Il n'y aurait aucun cauchemar ni aucun pipi avant un bon moment. Armelle pouvait se promener tranquille. Elle attendait pourtant, retenue plus par sa mauvaise conscience que par un excès de prudence. Quand Hélias avait hurlé, la veille, elle était justement en train de se creuser la tête pour trouver les mots justes à confier à Bonbon, une lampe de poche allumée sous la couette. Immédiatement, la porte du salon s'était ouverte, et la lumière du couloir avait éclairé la chambre des trois enfants, précédant de quelques secondes à peine l'arrivée précipitée des parents. Armelle avait collé vite fait sa lampe et son message secret inachevé sous l'oreiller, rayant au passage de stylo Bic le drap housse de son lit.

Armelle avait un secret. Armelle avait un ami. Alors qu'au cœur de cet hiver morne, la nature et l'avenir semblaient en panne, quelque chose dans sa vie à elle progressait. Elle espérait. Malheureusement, sa joie nouvelle était gâchée par un sentiment de honte. Son frère cadet l'agaçait et il avait toujours mal dormi, même tout petit. Elle n'en était pas responsable, et pourtant elle ne pouvait s'empêcher de se reprocher de l'abandonner à ses angoisses. Elle aurait dû lui offrir un bout de son aventure comme remède au noir qui le terrifiait. Et si elle le réveillait, là maintenant, et lui expliquait tout ? Hélas le confinement avait tant réduit l'intimité, qu'elle ne pouvait pas se résoudre à partager l'unique pousse de son jardin secret. Et d'ailleurs, que penserait Alexandre si elle sortait flanquée de ce gaffeur d'Hélias qui ferait sans doute assez de bruit en marchant, en parlant et en reniflant, pour réveiller toute la gendarmerie ? Mieux valait, pour ce soir au moins, le laisser profiter d'un sommeil réparateur. Armelle envoya donc son message, et éteignit son téléphone. Alexandre lui avait recommandé de laisser l'appareil chez elle pour éviter d'être tracée, mais elle n'était pas rassurée. Pour plus de sureté, elle enleva la batterie qu'elle glissa dans la poche droite de sa polaire tandis qu'elle plaçait le téléphone dans sa poche gauche avec une des deux couvertures de survie qui avaient échappé au découpage de Noël. Mieux organisée que la première fois, et plus soucieuse de son apparence, elle passa un jean à la place de son pantalon de pyjama. Chaudement habillée, elle sortit discrètement. Dans le hall de l'immeuble plongé dans l'obscurité un mouvement la fit sursauter : Alexandre l'empêcha à temps de hurler. Elle s'était imaginé qu'il l'attendrait dehors, mais il avait cru plus prudent de se cacher à l'intérieur du bâtiment. Il avait donc le code d'entrée ? Columbo, Alexandre, décidément, ce code n'arrêtait personne.

Les explications attendraient. Sans un mot, les deux adolescents prirent la direction du lac. Ils abandonnèrent vite les routes goudronnées pour emprunter les sentiers à couvert des quelques conifères qui les bordaient avant le grand vide de la dune et de la plage. Armelle buttait sur les racines, mais elle s'habituait petit à petit à la nuit et reconnaissait la promenade qu'elle avait faite souvent lors d'un séjour estival avant le confinement.

Le chemin, encaissé dans une dépression du terrain, serpentait entre la dune à gauche qui le séparait de la mer, et une rangée d'immeubles autrefois dédiés aux vacanciers à droite qui le séparait du lac et de la forêt. La proportion de logements vides était ici la même que dans l'immeuble d'Armelle. Presque tous les volets étaient fermés, mais au rez-de-chaussée une baie vitrée éclairée trouait les façades sombres. Sûr d'être seul, en pleine lumière dans une chambre confortable et bien chauffée, un homme nu lisait, allongé à plat ventre sur son lit. Alexandre et Armelle pouffèrent, amusés et gênés. Ils continuèrent à avancer, ombres pressées, capuches noires rabattues sur le nez, espérant ne pas être vus par le lecteur, plus encore pour éviter le ridicule que par crainte d'être dénoncés aux autorités.

Ils arrivaient au lac. Bordé sur une moitié par une forêt de pins, et sur l'autre moitié par de petits pavillons abandonnés, le lac plongé dans le noir offrait un refuge paisible pour s'asseoir et discuter. Les obstacles naturels et les immeubles assourdissaient le bruit des vagues et brisaient le vent. Alexandre choisit un banc enfoui au milieu des joncs. Armelle qui avait oublié ses craintes dans cet environnement tranquille se sentait en sécurité. Elle s'inquiétait juste de ce qu'elle allait bien pouvoir raconter… C'est Alexandre qui prit la parole, plus préoccupé de questions pratiques que de considérations romantiques :

« As-tu pris une couverture de survie comme je te l'avais recommandé ?

_ Oui, une de celles qui inquiétaient les gendarmes, répondit Armelle. Mais je n'ai pas froid, ajouta-t-elle, peu enthousiaste à l'idée de se transformer en épouvantail doré. Elle aurait préféré, tant qu'à faire, qu'Alexandre lui pose son manteau sur les épaules, comme dans une série B à l'eau de rose.

_ Il ne s'agit pas de ça. La couverture de survie empêche le rayonnement infrarouge du corps de s'échapper. La nuit les gendarmes surveillent la côte avec des drones, c'est la seule façon de s'en camoufler. Enveloppe-toi dedans, la face argentée contre toi.

_ C'est donc pour ça que les gendarmes étaient si nerveux avec nos couvertures de survie ?

_ Exactement. Un piège grossier au supermarché : ils ont dû aller intimider tous les clients qui en avaient acheté.

_ Comment tu sais tout ça ? Et d'abord, comment avais-tu le code pour rentrer chez moi ?, interrogea Armelle dont la curiosité avait fait oublier la timidité.

_ La femme qui vit au dernier étage du numéro 15 de votre bâtiment. Elle vous a vu le faire, elle l'utilise et elle l'a dit à mon père.

_ Columbo ? Mais pourquoi elle l'a dit à ton père ? Elle nous surveille ? Vous la connaissez ?

_ Vous l'appelez Columbo ?, s'amusa Alexandre. Elle voit tout et elle surveille tout le monde, c'est son truc. Disons que mon daron utilise son don. Il discute avec elle, il la fait parler et il lui refile des petits cadeaux qu'on lui donne à droite à gauche : des œufs, des pommes, un poulet, tu vois le genre.

_ C'est mon père qui l'a surnommée comme ça : elle observe tout, elle pose plein de questions, elle a l'air tebé et elle a un œil de travers. Pourquoi ton père la fait parler ? Il poucave aux gendarmes ? Ou c'est elle qui nous a dénoncés ?, s'énerva Armelle, faisant mine de se lever.

_ Non, calme toi, c'est le contraire. Columbo, comme tu dis, se fout des gendarmes. Elle roule pour elle. Je ne lui ferais pas confiance, mais elle n'est pas du côté des keufs. C'est pas le cas de tout le monde dans ta résidence. Mon père se renseigne, c'est son boulot de savoir qui est qui et d'aller voir les gens. Goémonier, c'est pour ça. Il circule, il va vendre ses algues aux fermiers, aux particuliers et aussi à l'usine d'engrais. En échange on le paie, mais on lui file aussi des trucs, genre des gâteaux, du miel, mais aussi des nouvelles.

_ Des nouvelles comme quoi ?, demanda Armelle qui n'avait pas imaginé que faire le mur pouvait prendre un tour aussi politique. Elle se demandait si Alexandre voulait faire l'important ou si vraiment elle venait d'établir le contact avec la Résistance. Elle s'enfonça un peu plus dans sa couverture de survie, franchement plus bling bling qu'un journal percé de trous. Tu parlais d'un truc : pour ne pas être vu il fallait s'emballer dans du papier alu.

_ Comme par exemple que ton père reçoit des journaux de gauche et qu'il pourrait peut-être avoir envie de nous rejoindre.

_ Vous rejoindre ?

_ On écrit un journal, mon père et d'autres. On l'écrit, on le photocopie, on le distribue, tout en papier, de la main à la main, sans réseaux, sans Internet. Tout à l'ancienne. On a besoin de gens pour écrire des articles sur ce qu'ils connaissent. Tes parents sont profs. Ils peuvent dire si ça marche ou pas l'éducation à distance. Est-ce que c'est vrai les statistiques du ministère ? Est-ce que les élèves suivent ou pas ? Tout ça quoi. On va voir des spécialistes de chaque domaine, et on leur demande si ce qu'on entend dans les médias est vrai. Si c'est pas vrai on écrit, ou on leur demande d'écrire et on imprime.

_ Ton père nous fait confiance ? Comment il sait ? Et qui me dit que ton truc c'est pas aussi un piège genre grossier comme au supermarché ?

_ Mon père en sait rien, mais moi je sais. Ou je sais pas mais j'ai envie de te faire confiance. Toi, tu vois ce que tu veux…

_ …

_ Alors, tu nous rejoins ou pas ? »

Chapitre 16

Solange pédalait. Tout tournait : le compteur, les pédales, la minuterie de la lumière de la cave, ses pensées. Tout sauf les roues puisque le vélo d'appartement n'en avait pas.

Dans six jours, on fêterait le quatrième anniversaire du premier confinement. Les journalistes en parleraient beaucoup. On interrogerait les survivants des premières formes graves du covid et les soignants vétérans, ceux qui étaient montés au front, armés de blouses en sacs poubelle. La première vague fondait la mythologie d'une nouvelle époque.

Solange se promenait dans ses souvenirs à défaut d'avancer vraiment. La lumière s'éteignit dans un clac. Le bouton de la minuterie avait fini son tour. Solange aurait pu continuer à pédaler dans le noir. Ce n'était pas pour le paysage qu'elle avait à voir : l'étroit local en béton, des tuyauteries en plastique gris, quelques vélos oubliés appuyés contre les murs. Tout valait pourtant mieux que l'obscurité qui transformait la cave en tombeau. Dans un soupir, Solange arrêta son effort et descendit de sa selle. L'écran du vélo, alimenté par une dynamo, se mit à clignoter faiblement, émettant un éclairage tout juste suffisant pour la guider vers l'interrupteur. Dans quarante-cinq secondes, l'écran s'arrêterait et le noir serait complet. Toutes les trois minutes et douze secondes, la lumière du sous-sol s'éteignait. Un imbécile avait installé la minuterie dans un recoin du mur derrière l'escalier, trop exigu pour que le vélo puisse se loger à proximité. Toutes les trois minutes et douze secondes, Solange descendait donc de son vélo pour tourner, dans le sens des aiguilles d'une montre, le bouton de la minuterie qui reprenait en grinçant sa course dans le sens trigonométrique à la vitesse de 1,875 degrés par seconde, soit de 1,9625 radians par minute.

Moins de quarante-cinq secondes plus tard, Solange avait repris sa promenade imaginaire, accompagnée par le ploc ploc d'une fuite d'eau venue du plafond. Un grand bac à fleurs dans le hall, conçu dès l'origine par l'architecte du bâtiment pour souhaiter la bienvenue aux estivants avec des géraniums, était laissé à l'abandon et s'était fissuré depuis la désertion des touristes et des retraités aisés. Le premier printemps de leur arrivée dans la résidence, en mars 2023, Solange était restée timide. Elle voulait se faire accepter et œuvrait pour une installation discrète, ce qui n'était pas chose aisée avec trois enfants. La voisine du 11, présidente intransigeante d'un conseil syndical fantôme, avait glissé avec des gants et sans un sourire dans la boîte aux lettres, un livret sentant l'eau de javel qui détaillait toutes les règles de la copropriété. Il n'était pas question de s'étaler dans les parties communes, et malgré la petitesse de l'appartement, la porte de la famille était toujours restée hermétiquement close en dehors de l'heure règlementaire de sortie sur le parking et du déchargement des courses du lundi. Quelques jours doux et ensoleillés pendant ces dernières vacances d'hiver avaient pourtant sorti Solange de ses bonnes manières.

Elle s'était levée un dimanche matin de cette fin février avec l'étrange sensation de déboucher enfin d'un long tunnel. Une brise printanière était rentrée par la terrasse, redonnant des couleurs à son environnement. Solange s'était rendu compte que depuis des mois, elle vivait dans du gris. La dune lui semblait ce jour-là plus verte, le ciel plus bleu, la mer brillait, et sur son carrelage blanc, tranchaient les couleurs vives des legos et des petites voitures des enfants. Elle avait vécu les yeux voilés : jusqu'au visage de son mari s'était terni. Passant dans la salle de bains, elle avait soudain trouvé insupportables ses racines de cheveux blancs et ses longueurs défraîchies dont le châtain miel doré avait dégorgé au jaune paille délavé. Sortant la balance d'un repère de poussière sous le meuble du lavabo, elle avait constaté, pas vraiment surprise, qu'elle pesait maintenant quatre-vingt-deux kilos. Un bref calcul de son IMC pour son petit mètre cinquante-neuf lui confirmait qu'elle avait passé le cap de l'obésité. Dehors, la nature apportait l'espoir d'un renouveau, mais elle, dans sa boîte, vieillissait et grossissait. Tarek oubliait-il de la regarder, comme elle-même s'oubliait, quand le matin devant le miroir elle s'apercevait à peine en s'aspergeant d'eau la figure et en se brossant les dents ? Le manque d'espace, les angoisses, les cauchemars, le travail décalé des cours en visio pour l'un tandis que l'autre suivait la scolarité des enfants, rien n'aidait dans ce quotidien à se rappeler ce qu'avait pu être leur couple ou une quelconque intimité. Être parents les gardait soudés, mais ils vivaient à côté l'un de l'autre, absorbés par leurs tâches, luttant contre le désordre et le découragement, sans plus jamais se croiser.

Solange avait alors commandé sur un site d'équipement sportif, un vélo d'appartement livrable dès le lendemain au relais-colis du supermarché. À sa liste de courses au drive pour la semaine, elle avait également ajouté deux coffrets de teinture capillaire acajou pour redonner du peps au foin sec qui couvrait sa tête. Les courses du lundi 26 février devaient donc marquer une nouvelle prise en main de Solange sur sa santé, son apparence et son destin. Le robot livreur du drive tangua sous le poids du carton contenant les pièces détachées du vélo, mais dans l'ensemble, tout se passa au magasin vite et bien. L'affaire fut plus compliquée en arrivant à l'appartement. L'immense colis que Tarek vint aider à décharger attira la suspicion des voisins autant que la joie bruyante des enfants. La voisine du 11, dont on devinait l'expression sévère derrière son masque et sa visière, refusa tout net que l'encombrant équipement soit entreposé dans le hall. Elle notait que la trop grande bienveillance du gouvernement en cette période anniversaire du confinement, entraînait trop de relâchement. Elle saurait à qui s'en plaindre et ne doutait pas que de nouvelles mesures et déclarations viennent rappeler sous peu les citoyens à leurs obligations. En attendant il était certain qu'elle ne tolèrerait aucun débordement ni aucune entorse au règlement dans la copropriété qu'elle présidait. Qu'ils trouvent s'ils le souhaitaient une place pour le vélo entre leur machine à laver et leur bidet, mais qu'ils n'espèrent pas une autorisation à déborder des limites strictes de leur logement. Solange s'énerva contre la harpie qu'elle allait traiter de collabo et renvoyer à l'Histoire, quand Tarek suggéra habilement et avec amabilité, qu'un renforcement bienvenu des contrôles moraux et sanitaires sanctionnerait heureusement tous ces multi-propriétaires qui se croyaient autorisés à entretenir plusieurs résidences et à disperser leurs virus, fluides et bactéries dans plusieurs cages d'escaliers, au mépris de la santé de leurs voisins, sous prétexte que leurs possessions immobilières étaient dans un même quartier. Il fut ainsi convenu qu'un flou juridique pouvait autoriser autant la voisine du 11 à entretenir son pied-à-terre secondaire situé sur même pallier du bâtiment 17 que la famille, qu'il pouvait autoriser Solange à poser et à utiliser son vélo dans la cave du même 17, puisque la cave avait vocation de local à bicyclettes (dont on ne précisait pas dans le règlement si elles devaient effectivement avoir leurs deux cycles pour rouler) et n'était pas soumise, en tant que partie commune intérieure et privée, aux restrictions de nombre et de durée des sorties.

Ce point éclairci, Solange n'en avait pas fini, et souhaita dès ce lundi après-midi engager la conquête d'un autre espace. Faute d'un nombre suffisant de résidents, le syndic de copropriété avait renvoyé tout le personnel de la copropriété : gardien, employé de ménage, jardinier. Leurs tâches avaient donc échu aux habitants. La voisine du 11 gardait. Un discret retraité au numéro 13 passait parfois un coup de rotofil sur les bordures extérieures mais laissait les haies prospérer. Columbo avait jugé utile d'inventer et de s'octroyer le nouvel emploi d'espion, et tout le monde balayait devant sa porte. Plus personne par contre ne s'occupait des bacs de fleurs, ni intérieurs ni extérieurs, et Solange décida qu'il était non seulement de son droit mais de son devoir, de faire revivre celui de plus de trois mètres carrés qui agrémentait son hall, entre la porte vitrée de l'entrée de l'immeuble, et les boîtes aux lettres. Elle arracha donc les géraniums séchés, jeta les graviers d'ornement, et répandit en surface le contenu d'un sac de terreau qu'elle venait d'acheter. Les enfants furent bien heureux de plonger leurs mains dans la terre, de semer des graines – autre surprise des courses de la semaine – et d'arroser leur nouveau jardin en se mouillant les pieds. La voisine du 11 n'osa pas protester et gratifia même Solange d'un sourire forcé, la complimentant sur sa bonne idée de ramener des fleurs dans leurs vies. Peut-être déchanterait-elle quand elle constaterait que les semis donneraient des poireaux, des carottes et des tomates, ce qui n'avait pas été envisagé par les jardiniers salariés.

Au soir de ce lundi 26, Solange s'était assise au salon, acajou de cheveux et rouge de plaisir. La première journée des vacances d'hiver avait été un succès. Elle se sentait avancer. Le lendemain elle pédalerait. Et elle avait pédalé, tous les jours des deux semaines de vacances, comptant les tours, les calories dépensées et les secondes de la minuterie. Ce qu'elle n'avait pas prévu, c'est que remontant de la cave un soir de la première semaine, elle trouverait Tarek mi-perplexe mi-excité, devant un pot de miel à qui il parlait. Tarek avait l'habitude de parler à la télévision, à la radio, à sa vaisselle et même aux triangles de vache-qui-rit dont il détestait la texture qui, quand ils tombaient, s'écrasait sur le sol, mais il n'avait jamais parlé à un pot de miel. Le goémonier lui avait apporté un pot de miel par la fenêtre. Tarek l'avait remercié, étonné, et tout de suite comme ça l'homme lui avait glissé un journal inconnu, pauvrement imprimé, sans doute photocopié à répétition comme ces tracts distribués dans les manifestations par mille groupuscules politiques aux budgets serrés. Il lui avait dit : « Lisez-le, discrètement, et si vous ou votre femme voulez écrire des articles, dites-le nous ». Le journal parlait de tout. Un routier livrait son témoignage de ses cadences infernales, délivré des embouteillages, mais aussi des lois de protection des salariés et de repos maintenant que les grands axes vides permettaient de relâcher les mesures de sécurité routière. Un agriculteur regrettait les marchés, les amaps, les ventes aux particuliers, disparus avec la sédentarisation et les mesures de segmentation professionnelle qui autorisaient les paysans à produire, mais pas à livrer. Une infirmière à domicile faisait la part des appels pour dépressions par rapport aux appels pour contaminations virales. Les petits prenaient la parole, et à côté de chacun de leurs articles était citée une déclaration officielle qui leur correspondait mais qu'ils contredisaient. Le titre du journal, « La vraie vie », avait d'abord fait croire à Tarek à un journal bio, mais ce qu'il avait découvert finalement l'avait ravi. Pouvait-il y participer ? Des dizaines de sujets d'articles surgissait dans son esprit, sur les fausses maths, sur l'abandon des élèves, sur le simulacre de socialisation des jeunes et sur la réduction des échanges et des discussions. L'envie d'écrire le démangeait, mais pouvait-il prendre ce risque alors que la simple visite des gendarmes pour un faux motif avait affolé sa famille ? Quel était son devoir ? Envers ses enfants ? Envers la société ? Pouvait-il faire confiance au goémonier ? Pouvait-il imaginer un policier infiltré qui aurait accepté, depuis un an qu'il le connaissait, de soulever des pelletés d'algues pourries toute la journée ?

Tarek et Solange en avaient beaucoup discuté, tard le soir, le pot de miel ouvert et deux cuillères entre eux. C'était aussi une forme de retrouvailles, sans doute un bienfait. La transformation de leur métier, leur déception, leur fatigue, leur sentiment d'inutilité, tout ça demandait à sortir et ne pouvait quand même pas être un motif pour les envoyer en prison. Tarek commencerait par un article intéressant sans être violent. Ils y réfléchiraient ensemble et Solange le relirait. Tarek avait écrit, raturé, recommencé, et Solange avait pédalé pour éliminer le miel en comptant les secondes, les plocs plocs des gouttes d'eau provenant de la fuite du bac à poireaux, et en listant des arguments.

Deux semaines avaient passé. Les poireaux étaient sortis de terre en frêles brindilles vertes que la voisine du 11 ne pouvait pas encore reconnaître. Solange avait perdu sept cents grammes et le lendemain, jour de rentrée scolaire, ils feraient signe par la fenêtre au goémonier.

Chapitre 17

Quand Armelle était rentrée de sa promenade au lac au petit matin du vendredi 23 février, elle avait retrouvée la maisonnée calme et endormie, telle qu'elle l'avait laissée quelques heures plus tôt. Elle n'avait pourtant la tête ni à s'en féliciter, ni à s'endormir à son tour. Elle retournait la question d'Alexandre : se joindrait-elle à eux ? Parlerait-elle à sa famille du journal clandestin diffusé par le goémonier ? Devrait-elle avouer, entre un « passe-moi le sel », et « de l'eau s'il te plaît », son amitié, et pire, ses escapades dans la nuit ? Cette histoire risquait de bien mal tourner. Elle sentait qu'elle pouvait faire confiance à Alexandre et aurait aimé convaincre son père dont elle connaissait l'intérêt pour la politique, la jeunesse militante et le passé syndicaliste. Écrire des articles témoignant d'une réalité alternative à celle des grands médias, lui irait comme un gant. Sa mère ? Aucune idée. Elle ne lisait pas de journaux, mais formulait les mêmes critiques et partageait les mêmes opinions. C'est comme ça que ses parents s'étaient rapprochés, presque huit ans avant sa naissance : en animant les mêmes réunions syndicales et en se relayant pour porter la banderole aux mêmes manifestations. Rien ne laissait penser qu'ils l'écouteraient. Ils l'accuseraient de naïveté et d'avoir mis les siens en danger, sans compter que son père paniquerait de l'avoir su dehors, que sa mère lui demanderait si elle était enceinte et que ses frères hurleraient à l'injustice de s'amuser sans eux. Tous se méfieraient du goémonier, et crieraient à la trahison, à la perversion, à la confiance perdue et au drame impardonnable.

Au lac, la question était restée sans réponse. Ils avaient ensuite parlé d'autres choses : de leur vie d'avant, de leurs loisirs, de leurs goûts, de leurs amis, de ce qu'ils espéraient dans un avenir bien sûr déconfiné. Alexandre avait été un élève brillant, mais les cours en visio, l'enfermement, rien de tout ça n'était pour lui. Il avait profité d'avoir seize ans et le droit de travailler avec son père, un ancien ouvrier du bâtiment dont la vie et la famille avaient toujours été ancrées ici, pour travailler au grand air et participer à la diffusion du journal. Plus tard, quand ils seraient de nouveau libres, il voulait faire du droit ou des sciences politiques. Et surtout ne jamais quitter l'océan. Il aimait le surf, le catamaran, et regrettait particulièrement de devoir rester sur la plage sans espoir proche de prendre la mer. Si aucune révolution ne pouvait briser le confinement, il entrerait dans la marine marchande. Les marchandises et leurs transporteurs étaient tout ce qui voyageait encore.

Les yeux ouverts dans son lit, à six heures du matin, Armelle avait entendu Bonbon qui grattait le papier peint sous sa fenêtre : elle voulait sortir, faire son tour au lever du jour pour mieux profiter, après, du petit déjeuner et des lits encore défaits. Armelle avait attrapé un stylo et un petit morceau de papier pour écrire : « D'accord, mais il faut trouver un moyen d'approcher mon père sans parler de nous. » Elle avait glissé le mot dans le collier de la chatte et lui avait ouvert la fenêtre, juste au moment où sa mère, échevelée, la démarche raide en raison de sa prise de poids qui malmenait ses chevilles, entrait dans sa chambre : « Déjà levée ? »

Bonbon avait apporté la réponse d'Alexandre dès le soir : « OK, super soirée ! » Puis plus rien, jusqu'à ce que le goémonier, passant sous leur fenêtre après son travail le jeudi de la semaine suivante, interpelle Tarek pour lui proposer un pot de miel, enveloppé du dernier numéro du journal et d'une proposition de collaboration. L'organisation de la famille en avait été bouleversée. Une fois que Tarek et Solange eurent décidé de tenter l'aventure de l'écriture, il commencèrent à passer plus de temps ensemble, ce qui eut pour heureuse conséquence de donner un peu d'air à leurs enfants. Tarek écrivait bien, mais laborieusement. Il échangeait des idées avec Solange qui, de son côté, était fort occupée par ce qu'elle appelait « une meilleure administration d'elle-même ». En dehors des semis très appréciés de quelques graines, les vacances furent livrées à la paresse. C'était nouveau et délicieux. Le goémonier, pour se rappeler à leur souvenir et se faire une idée des réactions suscitées par sa première approche, était repassé une fin d'après-midi de la deuxième semaine des vacances, pour offrir deux bouteilles de Volvic pleines d'eau de mer. « Faites récolter du sel aux enfants, ça les intéressera », avait-il dit.

En ce début du mois de mars, le soleil qui baignait la terrasse en milieu de journée, conjugué aux radiateurs qui continuaient à fonctionner fort en soirée, permirent aux jeunes vacanciers de faire s'évaporer très vite de petites quantités d'eau de mer dans des barquettes en plastique. Chaque fois que la fine couche d'eau disparaissait, laissant un dépôt blanc au fond du récipient, ils y versaient un peu du contenu des deux bouteilles, augmentant ainsi la concentration en sel de leur mélange. À la fin du processus, ils obtinrent de gros cristaux dont ils n'auraient pas imaginé avant de faire l'expérience qu'ils seraient si blancs et si nombreux. Ils purent remplir un gros pot et goûtèrent avec délices et fierté, leurs premières pâtes salées « maison ». C'était drôlement plus marrant que les cours de sciences en visio !

Hélias allait mieux. Ses angoisses diffuses avaient trouvé un point sur lequel se cristalliser : la radio et les journaux télé relayaient une nouvelle menace à laquelle il était difficile d'échapper. Un champignon s'attaquait aux cultures de blé et se répandait à travers l'Europe. Résistant à tous les fongicides connus, l'U*g23* menaçait non seulement notre baguette, mais tous les produits dérivés de la farine aussi bien que l'alimentation animale. Les cultures sortant de l'hiver, à peine levées, risquaient de pourrir sans faire le moindre épi. La population des pays riches qui s'était fait de la bouffe le dernier art de vivre autorisé, paniquait. La voisine du 11 avait raison : le relâchement des citoyens après quatre ans de confinement avait bien besoin d'une nouvelle peur pour remobiliser les volontés derrière des portes fermées. Hélias pouvait donc maintenant mettre les mots « famine » et « pénurie » sur ses peurs. Les identifier était le premier pas pour y trouver un remède. Dans une ancienne caisse à jouets sur la terrasse, il avait semé des radis dont les premières feuilles en cœur l'avaient ravi. Un enfant qui cultivait des radis et récoltait du sel, saurait se sortir de toutes les crises alimentaires.

Solange à la fois amusée et rassurée de pouvoir aider son fils à mieux dormir, avait acheté quelques paquets de farine et de levure de boulangerie au supermarché pour se lancer avec ses enfants dans la confection de pains. Des bâtards, des pains ronds, mais aussi des tresses, des pains escargots, des pains cœurs et des pains soleils ou des pains fleurs étaient sortis du four familial pour fournir l'accompagnement idéal aux radis à la croque au sel. Ils sentaient bon, et pétrir devenait une fête.

En mars 2020, au tout début de la crise sanitaire, les gens avaient eu peur de manquer de tout. Chaque semaine, un ami de Solange lui prédisait par SMS la fin des approvisionnements des magasins pour la semaine suivante, et chaque semaine Solange revenait des courses soulagée de pouvoir, encore quelques jours, nourrir ses enfants. L'abondance ne s'était pourtant jamais tarie et tous les confinés s'étaient au contraire passionnés pour les émissions culinaires : les gens les plus nuls en cuisine essayaient des recettes, et tout le monde MANGEAIT.

Solange n'avait jamais fait de stocks d'huile, de pâtes ni de papier toilette. Et là, pour la première fois, sous le prétexte de tranquilliser Hélias, elle se prenait au jeu. Avec son obsession habituelle de la perfection, elle se lança, vers la fin des vacances scolaires, dans la constitution d'une réserve alimentaire. Les trois kilos de farine et les deux litres d'huile de tournesol qu'elle avait tout d'abord achetés n'était qu'une entrée en matière d'amateur. Dès le lundi 11 mars, jour de rentrée et des commissions, elle passa à la vitesse supérieure. Armelle la vit décharger des paquets de sucre, des spaghetti, des patates appertisées et du café lyophilisé. Deux problèmes se posèrent alors : le rangement des denrées, et la gestion des dates de péremption. Solange tria sa vaisselle, empila les verres, emboîta les boîtes qui pouvaient s'emboîter, remplit de sucre et de café les autres, stocka les bouteilles d'huile dans la glacière qui ne partait plus jamais en pique-nique mais qu'on n'avait pas pu jeter, aligna des boîtes de conserves de fruits et de légumes sur le haut des placards. Quant aux dates limites de consommation, c'était un jeu d'enfant pour une femme qui scotchait chaque jour son emploi-du-temps et celui de tous les membres de sa famille au mur. Elle remplit de tableaux un cahier d'écolier, réservant pour chaque produit acheté une ligne avec sa dénomination et sa DLC ou sa DLUO, qui serait éventuellement rayée s'il était mangé puis remplacé par un produit équivalent mais plus frais dont la nouvelle date de péremption devrait s'écrire sur la même ligne à côté de la précédente raturée. Le cahier, dont Solange avait découpé les bords en répertoire, était parfaitement organisé en types et natures de denrées.

Solange avait un nouveau but, une nouvelle tâche dans laquelle s'absorber pour protéger ceux qu'elle aimait des incertitudes de l'avenir, et surtout pour se cacher sa propre impuissance. Elle était aux anges. Hélas, dès le lundi suivant, le 18 mars 2024, l'obstacle du manque d'argent faillit la couper dans son élan. La famille s'en sortait bien, mais pas au point d'acheter plus que ce qu'elle avalait. Solange accepta donc ce qu'elle avait toute sa carrière refusé : elle fit des cours particuliers. Le soir, au lieu de regarder le film à la télé, elle se plia aux demandes de cours en visio de riches bourgeois qui voulaient faire de leurs décevantes progénitures, des ingénieurs informaticiens, des financiers en télétravail et des décideurs. Les enveloppes de billets non déclarés ne pouvant pas transiter par les réseaux, elle donna à ses clients ses codes au drive du supermarché, et se fit payer en commandes comestibles longue conservation. Une heure de cours s'échangeait contre deux conserves de confit de canard ou contre six bocaux de fruits au sirop. Elle se fit livrer des œufs en poudre par sachets de dix depuis des sites de randonnées qui s'étaient convertis en pourvoyeurs de nourriture de survie maintenant que le trekking se limitait à marcher de ses chiottes à son canapé. On la paya en miel, et comme il n'était pas interdit de prévoir sa survie sans déprimer, en maïs à pop corn, en confitures et en marrons glacés. Elle laissa dans le coffre de sa voiture un carton de sucreries de première nécessité s'il devaient fuir l'impact d'un astéroïde ou la vague d'un tsunami, et elle remplit de lait concentré et de conserves variées une valise qu'on pouvait descendre à la cave aux premières sirènes d'un bombardement aérien. Armelle était persuadée que la valise contenait aussi une perceuse pour pouvoir, du sous-sol, trouer le plafond sous le bac à poireaux afin de croquer, en cas de fin du monde et de chaos, les légumes par la racine.

Chapitre 18

Armelle était née le 26 mars 2010.

Ce mardi 26 mars 2024, elle fêtait ses 14 ans. Le printemps était déjà doux, et il leur arrivait de plus en plus fréquemment de porter des lunettes de soleil sur la terrasse quand ils travaillaient à leurs devoirs scolaires. Bonbon s'allongeait au milieu de la table, et faisait sa toilette ou s'étirait, dérangeant les cahiers, posant sa patte ou sa queue justement sur l'exercice de maths ou de grammaire qu'il aurait fallu terminer au plus vite pour passer à la suite. Quand elle était bien réveillée, Bonbon chassait le crayon. Elle suivait de sa tête, dans un mouvement de gauche à droite, la main d'Armelle, remuait son arrière-train, et sautait sur le stylo qui dérapait et faisait une rature ou un pâté sur le devoir d'anglais.

Les herbes grandissaient sur les parterres délaissés le long de la piste cyclable entre l'appartement et la dune. En dehors des heures de basse mer, quand passaient les quelques pêcheurs à pied autorisés par la préfecture, les alentours de l'immeuble étaient déserts. Un vent léger soufflait, la mer au loin brillait, on n'entendait que le ressac et les cris des oiseaux marins. Parfois Armelle levait la tête de ses cours. Elle regardait au loin. Elle ne regrettait même pas de ne pas pouvoir aller marcher sur la plage, ni même se baigner. L'atmosphère, la vue du large, les sons assourdis de la nature, la chaleur sur son visage et sur ses mains, la douceur du poil de Bonbon qui exposait son ventre à la lumière et aux caresses, tout lui donnait une impression de paix et même de bonheur.

Malo s'appliquait à la réalisation d'un coloriage magique. Hélias lisait les Contes de la rue Broca. Miraculeusement, ils se taisaient. Sans doute était-ce là son cadeau d'anniversaire : quelques instants de sérénité dans un milieu qui lui paraissait soudain protégé et empreint de sérénité. La plupart du temps, Armelle étouffait dans son logement. Elle voulait sortir, voyager. Elle commençait à faire siens les rêves d'Alexandre. Deviendrait-elle marin ? Marine ? Matelote ? Décidément, la langue française n'acceptait la féminisation de certains noms que pour en faire des ragoûts de poissons. Peu importe, à l'enfermement physique, elle ne pouvait pas envisager comme obstacle supplémentaire l'enfermement moral d'un sexisme linguistique d'un autre âge. Elle serait capitaine, marchande, trafiquante, aventurière, pirate ou corsaire. Elle traverserait l'Atlantique en cargo. Elle tremblerait de rencontrer une vague scélérate et naviguerait jusqu'à Buenos Aires.

En cet instant pourtant, Armelle était bien. Comblée. L'horizon ne la tentait pas. Elle regardait le large sans songer à mettre un pied dehors. Plus tard, à dix-huit heures, elle irait faire une heure de roller sur les parkings. Sans blouson, elle se sentirait légère. Elle détendrait ses muscles. Elle se maintenait en forme, roulait de plus en plus vite et osait des figures.

Le bruit d'un moteur attira son attention. Le petit monsieur rond et chauve habitant au numéro 13 de la résidence, passait le rotofil sur les herbes folles qui envahissaient les platebandes sous leurs fenêtres côté océan. Cette partie du chemin était privative, et le voisin habituellement discret, profitait avec un plaisir évident, de ce que les lois régissant les sorties ne s'appliquent pas sur ce petit bout de planète qui était en partie à lui. La voisine du 11 avait bien raison de s'inquiéter : une coupable détente commençait à s'insinuer dans les habitudes des citoyens les moins portés à la rébellion. Apercevant Armelle, il lui adressa un signe de tête et un petit sourire mi-honteux mi-complice : savourant le vent léger et l'air marin, il portait, malgré les pollens, les brins d'herbes et les virus mortels qui volaient, son masque sous le menton.

Loin de rompre le charme de la matinée, cette présence et ce bruit humain, renforcèrent le sentiment de plénitude que ressentait Armelle. Ils vivaient ici au bout des terres, au bout du monde. Leur communauté devait présenter quelques similitudes avec celles d'équipages perdus en mer, ou de naufragés isolés. Soumis aux restrictions et à la distanciation, ils n'osaient pas se parler, ils ne se fréquentaient pas, mais ils se connaissaient. Oubliés de tous, sauf des gendarmes, ils partageaient le privilège immense de voir le large. Même les habitants du centre-ville, à quelques deux kilomètres de là, n'avaient aucun droit de s'approcher de la plage. Beaucoup trouvaient, pour sortir de leur périmètre, des prétextes liés à leur emploi : l'un livrait des courses alimentaires, certains soignaient à domicile les rares retraités restés vivre sur le front de mer, d'autres réparaient les réverbères, pêchaient, nettoyaient le sable des déchets de lointains continents déposés par les courants. Le printemps pousserait peut-être des clandestins venus de l'intérieur des terres à braver, par amour des vagues, les contrôles et à s'approcher de la côte, mais en ce moment, seuls Armelle, penchée à la fenêtre, et le vieux monsieur du 11, regardaient ensemble les flots et l'horizon scintillant.

Curieux, lassé de solitude et certainement d'un naturel sociable, l'homme avait remarqué ces derniers temps qu'une communication s'était établie entre les parents d'Armelle et le goémonier. Dans son désir frustré de communiquer, il y voyait sûrement un encouragement à se rapprocher de cette famille dont les enfants, seuls représentants de leur jeune espèce dans le cercle d'un kilomètre, jouaient le soir dehors et poussaient des cris stridents, comme au bon vieux temps des parcs et des squares bourrés de parents, de nounous et de gamins jouant à chat. Pour lui, les jeux et les querelles d'Hélias et de Malo, loin de le gêner dans sa tranquillité, étaient un rappel quotidien à la Vie. Chaque fin d'après-midi, il ouvrait sa fenêtre pour mieux écouter les enfants, en préparant son dîner.

Le goémonier, quant à lui, s'arrêtait maintenant régulièrement sous la fenêtre de la terrasse pour échanger quelques mots ou quelque paquet avec Solange et avec Tarek. Ce travailleur trouvait dans le troc et dans le commerce toutes sortes de prétextes. Il échangeait dans la campagne son goémon contre des denrées qu'il revendait. Il avait tout d'abord apporté à Solange une brouette de varech pourrissant pour son potager semé dans le hall de l'immeuble. Non seulement ils avaient pu ainsi parler tranquillement et se mettre d'accord sur un texte à publier, mais en plus les algues puantes avaient eu le double mérite de faire fuir de devant leur porte Columbo dont la curiosité n'avait pas résisté à l'inconfort de son nez, et d'attirer des mouches que Malo adorait chasser avec une tapette quand il avait besoin de se dégourdir les jambes sans être vu des autorités et des voisins.

Pour ne pas attirer les soupçons, le goémonier se vantait à qui voulait l'entendre sur la plage, d'arnaquer les parisiens en leur vendant très cher du miel qu'il avait eu pour rien, ou des œufs pas très frais dont il leur disait qu'ils étaient bios et encore chauds du cul de la poule. Les pécheurs riaient. Ils serviraient à quelque chose ces intrus, ces citadins qui n'avaient rien à faire là, si on pouvait au moins les plumer et se faire un peu de blé. Sûrement même que s'ils étaient restés chez eux, dès le début de la pandémie, le virus n'aurait jamais atteint leur belle région. Avant l'arrivée des parisiens, l'air de la mer était sain. Leur responsabilité valait bien quelques ronds en compensation. L'ancienne vendeuse de barbe à papa, jalouse, envieuse et aigrie d'avoir été dépossédée du magasin saisonnier qui autrefois faisait sa fierté, doubla les prix des coquillages qu'elle vendait à Tarek, formulant parfois dans sa tête, le souhait qu'il s'étouffe avec. Tarek comprit et accepta, tout en mangeant de moins bon cœur ses coques et ses crevettes. Ce prix n'était pas exorbitant s'il permettait de continuer à lutter. Sale parisien il était, étranger, trop fortuné, privilégié. Ce n'était pas la première fois qu'il vivait de telles insultes, mais cette fois ce rôle d'indésirable lui servait de couverture pour une bonne cause. Les articles de Tarek étaient clairs, efficaces, et pédagogiques. Le goémonier les appréciait et les imprimait. Ils auraient pu rendre compte au plus grand nombre, s'ils avaient été mieux diffusés, des mensonges d'un enseignement dématérialisé qui laissait volontairement de côté les deux tiers au moins des enfants.

Solange apportait aux articles sa relecture, mais aussi des idées, des anecdotes, son expérience. Soudés autour de ce nouveau projet, Solange et Tarek s'enthousiasmaient, travaillaient souvent tard, et se laissaient accaparer comme par un nouveau né. Sans toutefois relâcher complètement sa veille de volatile en couvaison, Solange se trouvait contrainte à laisser un peu plus de liberté et d'autonomie aux trois enfants. Ils avaient d'abord été déstabilisés de voir que pour la première fois depuis leur installation dans cet appartement, leur mère n'avait plus le temps de tout maîtriser, puis ils s'en étaient trouvés enchantés. Armelle soufflait, osait rêvasser sur ses leçons, et remplaçait parfois ses parents pour aider son plus petit frère à s'habiller ou à préparer son goûter. Solange, avec ses listes, avec ses tâches journalières scotchées aux murs, avec ses conserves de haricots verts qu'elle stockait jusqu'au plafond pour parer à toutes situations, Solange, l'omnimère, n'arrivait plus à tout faire.

Chapitre 19

Le dimanche de Pâques tombait très tôt cette année-là. Solange n'avait pas vu les mois passer. Assise seule à la table du salon ce samedi 30 mars, elle déballait avec perplexité un coffret récréatif destiné à fabriquer des œufs en chocolat qu'elle avait acheté au supermarché. Elle venait d'assembler un socle épais de plastique rose moulé en cœur, avec un arc-en-ciel bon marché en papier, pour découvrir que l'ensemble ne servait à rien, sinon à poser les deux seuls moules contenus dans l'emballage : deux petits œufs en polyéthylène téréphtalate transparent de deux centimètres de hauteur. Chaque œuf, une fois rempli de chocolat fondu (non fourni) devait être placé quarante minutes au réfrigérateur avant d'être démoulé (en admettant que ça marche) et décoré avec des étoiles en sucre (non fournies) et des vermicelles de couleur (non fournis) qu'on pouvait coller à l'aide de gouttes de confiture (non fournie) déposées sur le chocolat durci. À raison de deux œufs de deux centimètres toutes les quarante minutes pour trois enfants, l'activité prendrait certainement toute la journée et le résultat serait décevant. Un attrape-couillon que Solange remit dans son carton, direction le 7e continent des déchets flottants. Les législateurs étaient sans doute trop soucieux de contenir les virus et de réprimer les déplacements, pour s'intéresser à l'impact environnemental des petites arnaques d'industriels occupés à tromper, par la production à la chaîne de rêves en plastique rose, des citoyens confinés tout juste bons à être plumés. L'échéance d'irréversibilité climatique prononcée par le GIEC deux ans plus tôt approchait, et qu'avions-nous fait ?

Heureusement, Solange avait également prévu des travaux manuels plus traditionnels pour marquer le jour de Pâques. Les deux semaines précédentes, elle avait gardé entières et rincé les coquilles de tous les œufs qu'elle cuisinait, perçant deux petits trous aux deux extrémités pour faire sortir par l'un en soufflant par l'autre, le blanc gluant et le jaune qui était expulsé brusquement dans un bruit de pet et tombait. En ce moment, les enfants les peignaient sur la terrasse avec pour objectif de les suspendre par des fils et de transformer le vieux ficus en arbre de Pâques. Malo avait de la peinture plein les mains, le T-shirt et la figure. Armelle préférait les feutres et s'appliquait. Hélias transformait chaque coquille en voiture qui, toutes, rappelaient la forme du monospace familial.

Acheter des surprises de Pâques avait été plus aisé que de dénicher des cadeaux de Noël. Le chocolat, en tant que denrée alimentaire, n'était pas censuré. Solange avait pu le trouver dans les rayons et même sur le Drive, conditionné avec des peluches, dans des bols, des tirelires, des trousses, des coffrets, des seaux, des arrosoirs et des accessoires de beauté. De gros œufs s'annonçaient fourrés de miniatures automobiles, de billes, de crayons de couleurs, de bijoux en toc, de dinosaures, de Lego et de Playmobils. On fourrait de bouchées pralinées aux noisettes, des chaussettes fantaisie et des marionnettes. Solange avait même acheté, quand les dates de péremption le permettaient, du nougat et des œufs en sucre pour l'année suivante, diversifiant ainsi son stock de nourriture en cas de coup dur. Encore fallait-il décider où se passerait la chasse aux œufs du lendemain matin. Le terreplein central du parking était envahi d'herbes hautes, de pissenlits, de boutons d'or, de trèfles en fleurs, et de longues tiges terminées en délicats plumeaux blancs, appelées queues-de-lièvres, qui s'agitaient au moindre vent. Voilà qui pouvait fournir de nombreuses cachettes et remplir l'heure quotidienne de sortie de cris de joie. Hélas, ce n'était pas le lapin de Pâques qui, depuis deux jours, foulait les graminées, mais des gendarmes lourdement bottés, accompagnés de militaires de l'ancien corps des vigipirates dont ils recevaient le récent renfort.

Un week-end de tensions s'annonçait. Le lundi férié tombait le 1er avril, mais l'afflux sur le littoral, de forces armées, qu'on voulait bien visibles, ne donnait pas envie de rire. Devant la fenêtre et aux alentours, des uniformes bleu marine côtoyaient des treillis verts et beiges. Les cloches de Pâques apeurées n'oseraient certainement pas survoler le parking et les dunes pour larguer leurs friandises multicolores. Elles pouvaient devenir les cibles de concours de tirs organisés par des groupes d'assaut armés de fusils qui s'ennuyaient ferme d'attendre l'ennemi tant promis. Par prudence, Solange avait d'ailleurs enfermé Bonbon qui s'était vu interdire l'accès au balcon. Boudeuse, elle dormait dans la chambre du fond.

De qui les autorités avaient-elles peur ? Pas d'un dictateur ni d'un envahisseur. Les gendarmes, tournant le dos à la mer, faisaient face aux chemins piétonniers d'où pouvaient à tout moment sortir de pauvres types désireux de bronzer ou de se baigner. Le danger que les soldats s'apprêtaient à repousser s'annonçait porteur de tongs et de slips de bain. Curieusement, malgré la menace, le quartier, ce samedi, restait désert. Les barrages routiers dressés sur tous les itinéraires menant aux côtes avaient sans doute découragé plus d'un candidat à la délinquance balnéaire. Aucun convoi de vacanciers n'était arrivé dans la nuit. Les fenêtres des immeubles du front de mer étaient restées fermées. Pire, les quelques travailleurs de la plage s'étaient mis en congé, et les rares habitants n'osaient plus utiliser leur droit de sortir tourner en rond, refroidis qu'ils étaient par la perspective de croiser quantité de rangers et d'armes à feu dans leur périmètre de deux fois Pi un kilomètre.

Les garçons ne réclamaient rien. Concentrés sur les couleurs acidulées des coquilles qu'ils peignaient, ils avaient compris que l'ambiance extérieure n'autoriserait ni les vélos ni les pistolets à eau. Leurs vitres fragiles suffiraient-elles à les protéger d'une éventuelle balle perdue ? Même s'ils y avaient pensé, Solange et Tarek avaient renoncé à imposer aux enfants de rester cloîtrés trois jours dans le salon aux volets fermés. Se serrer tous les cinq dans une pièce hors du temps avec pour compagnie des kilos de chocolats et les onze épisodes de Star Wars aurait permis d'attendre en sécurité le départ des forces de l'ordre, mais était-il possible d'imposer une nuit de 72 heures à Malo qui, depuis des semaines, imaginait des lapins roses et blancs chargés de bonbons et d'œufs rigolos ? Il aimait les fleurs, la lumière et le printemps. Quelle funeste conséquence pourrait avoir le remplacement, par de sombres combats interstellaires, des images aux tons pastels de son imaginaire d'enfant ?

Armelle se concentrait sur ses dessins, des motifs mi-géométriques mi-floraux, qu'elle avait pris l'habitude de dessiner sur ses cahiers, ses mains, les murs et certains meubles quand elle avait besoin de se calmer. Cette fois, elle les entortillait sur les coquilles d'œufs. Par sa méticulosité, elle pansait son inquiétude, elle s'enfermait, elle essayait d'oublier ce qui la torturait en canalisant ses pensées. Comme Bonbon, elle était prisonnière. La nuit précédente, sa mère avait mis la chaîne, qu'elle n'utilisait jamais d'habitude, à la porte d'entrée en plus de l'avoir verrouillée. Elle recommencerait certainement ce soir, et qui savait pour combien de temps. Solange avait-elle remarqué les fugues nocturnes de sa fille ?

Voulait-elle y mettre un terme, ou cette mesure de sûreté supplémentaire n'était-elle liée qu'à la présence temporaire de patrouilles armées ? Avec cette chaîne, Armelle ne pouvait plus dissimuler les traces de ses escapades : une fois dehors, elle pouvait refermer le verrou tout doucement avec sa clé, mais certainement pas raccrocher la chaîne. Que n'importe quel membre de la famille voie la chaîne pendouiller en allant pisser, et ce serait l'alerte assurée. Quant aux messages papier, avec Bonbon consignée, il ne fallait plus y compter. Que devenait Alexandre ? Comme les pêcheurs, le goémonier avait quitté la plage. Armelle voulait s'empêcher de céder à la panique. Elle avait éteint son téléphone pour ne plus le regarder. Elle l'avait enfermé dans son armoire pour ne plus être tentée de le rallumer. Un message pouvait les trahir. Elle devait résister. Laissant sa main aller à des motifs toujours plus compliqués, elle dessinait.

Chapitre 20

La chasse aux œufs eut lieu dans l'appartement. Tout le monde s'était surpassé : le samedi, la soirée avait été consacrée à la fabrication d'une vingtaine de bouquets en papier crépon qui ornaient, le dimanche venu, la baie vitrée fermée de la terrasse. Une pluie fine s'était mise à tomber dans la nuit. Ce temps gris rendait moins décevant l'enfermement. Tandis que les tristes uniformes patrouillaient sous la bruine, le printemps fleurissait dans l'appartement. Les roses en crépon jaune, rouge et orange déployaient leurs pétales de couleurs vives comme un rideau à l'épreuve des balles. Les coquilles d'œufs décorées pendaient des branches du ficus tels des fruits gorgés de gaîté. Tout dans le salon était chaud et douillet. Pas étonnant que des doudous lapins aient choisi de se glisser au petit matin dans le logement pour se cacher sous les coussins. Une fratrie de deux agneaux blancs et d'un agneau noir en peluche s'étaient endormis dans l'armoire parmi les pulls des enfants. Des œufs en chocolat de toutes les tailles, enveloppés d'emballages chatoyants, jonchaient le sol au réveil. Bonbon retrouva sa bonne humeur en les faisant rouler dans les coins et sous les meubles. Il y eut de la brioche au petit-déjeuner, et du pâté de Pâques au déjeuner. Le dimanche fut joyeux. Le lundi paresseux.

Mardi au lever, on ne voyait plus trace des forces armées.

Solange délivra Bonbon et reprit la correction de ses copies en écoutant sur une chaîne radio d'information continue, le président se féliciter du respect du confinement pendant ce week-end à haut risque. Quelques familles avaient été arrêtées en flagrant délit de départ en vacances. Elles avaient été lourdement sanctionnées et serviraient d'exemples. De petits malins avaient choisi des routes secondaires et des itinéraires farfelus, mais s'étaient fait coincer à deux rues des plages, quand ils ne s'étaient pas embourbés dans les ornières d'improbables chemins vicinaux. Irresponsables, égoïstes vecteurs de virus, ils avaient joué, et ils avaient perdu. Il fallait féliciter la police et l'armée qui avaient sacrifié famille et congés pour veiller à la santé du pays. Peu de bavures étaient à déplorer. La nation laïque sortait grandie de ces trois jours de célébration catholique.

Ce mardi matin, le beau temps était revenu. On devinait derrière la dune que la mer était haute. Peut-être Alexandre et son père attendaient-ils qu'elle se retire pour revenir travailler et profiter des algues que la marée aurait déposées. Bonbon, privée de sorties depuis trop longtemps, ne rentrait pas. Armelle s'impatientait. Heureusement, un message d'Alexandre, la veille, avait apaisé son inquiétude. Il avait trouvé dans la date, un prétexte pour lui envoyer par téléphone, sans risquer de les compromettre, une image de poussin piaillant des vœux de circonstance. Il allait bien. Hier au moins.

La vie semblait reprendre son cours quand Tarek, qui fixait l'horizon appuyé contre la rambarde de la terrasse, appela toute la famille à le rejoindre. Au-dessus de la mer, jaillissant de derrière les dunes, dansaient une dizaine de voiles de kite-surf. Tous les sports nautiques avaient été bannis depuis le début du confinement permanent. En mars 2020, quand l'épidémie avait entraîné les premières restrictions, on avait eu du mal à accepter l'interdiction de se baigner et de naviguer. On voyait mal quel virus un kite-surfeur lancé à toute allure sur les vagues, pouvait rencontrer et transmettre. Malgré tout, on s'était résigné : ça allait avec le reste, avec la cage d'un kilomètre et avec les accès interdits aux plages, à l'océan, aux lacs et aux forêts. Mais en cette lumineuse matinée, les voiles qu'on avait cru disparues du littoral étaient bien là.

Au lieu de s'étonner ou de se réjouir du spectacle, Armelle sentit son cœur se serrer. Alexandre, avec sa passion de la mer, devait être quelque part là-dedans. Il était évidemment illusoire de croire que le président, dont le discours passait en ce moment sur toutes les chaînes d'information et se commentait en direct sur tous les réseaux sociaux, accepterait de se laisser provoquer par quelques bonshommes attachés à des cerfs-volants au-dessus de l'océan.

Elle ne s'était pas plus tôt formulé cette crainte, que les premières sirènes se firent entendre. Deux peugeots 5008 de la gendarmerie débouchaient l'une par la gauche depuis le sentier côtier, l'autre par la droite de derrière l'appartement, pour se rejoindre et s'arrêter violemment à l'entrée du sentier dunaire. Les huit militaires qui en descendirent au pas de course étaient armés. Martelant le sable, ils disparurent derrière la dune. La famille retint son souffle. Combien étaient-ils à regarder, impuissants, la catastrophe se produire sous leurs balcons ? Columbo devait tout voir depuis son perchoir au dernier étage de l'immeuble. Pour une fois, son bavardage serait utile. Tout alla très vite. Un coup de feu retentit, bien plus semblable à un pétard qu'à une fusillade de série américaine. Presque simultanément, Armelle entendit plusieurs moteurs démarrer. Aussitôt, surgirent, escaladant la dune, trois motocross aux allures de grands insectes chevauchés par des silhouettes noires vêtues de combinaisons de plongée. Surpris, les gendarmes à pied firent demi-tour pour se précipiter vers leurs véhicules. Les 5008 s'engagèrent dans une course-poursuite avec les motos, laissant le champ libre pour s'enfuir à des VTT, qui s'égaillèrent, les uns vers la forêt, les autres par la route. Une patrouille à cheval chargea trop tard pour avoir une chance de les intercepter, mais les cavaliers, poussant jusqu'au bout leur mission, s'élancèrent au galop à leur poursuite et disparurent, avalés par les plus proches sentiers boisés. Ils espéraient sans doute un renfort aérien imminent pour les guider dans leur chasse. Et de fait, depuis la terrasse on distingua bientôt le bruit d'un hélicoptère, qui alla croissant jusqu'à devenir étourdissant. En vol stationnaire au-dessus de la plage, l'hélicoptère hésita trop longtemps. Dans toutes les directions s'échappaient des silhouettes agiles, sombres, moulées dans des combinaisons en néoprène, masquées par des cagoules et des lunettes de surf. Tarek montra du doigt deux canots gonflables à moteur au loin qui embarquaient les derniers kite-surfeurs et disparaissaient en trombe à l'horizon. Les voiles abandonnées flottèrent un moment sur l'eau puis s'abîmèrent en mer. L'hélicoptère finit par choisir les fuyards les plus à découvert qui couraient sur la plage et la dune à la végétation rase. Mais de nouveaux vrombissements de moteurs de moto apprirent aux spectateurs que même les coureurs qui paraissaient les plus vulnérables avaient rejoint des véhicules qui les attendaient tout près, et s'étaient évanouis dans les sapins.

En quelques minutes tout était redevenu silencieux. Depuis le poste de radio sur la table du salon, leur parvenait encore la voix du président.

Solange et Tarek étaient secoués, ne sachant que penser de cette rébellion qui, à en juger par la rapidité de l'évacuation des surfeurs aux premières sirènes, avait été soigneusement orchestrée. Hélias et Malo avaient le sentiment d'avoir assisté à un braquage de banque ou à une attaque de diligence sans butin. Ils étaient surexcités, et rejouaient maintenant bruyamment la scène dont ils avaient été témoins. Armelle sentait qu'Alexandre avait participé à ce commando qui avait tout risqué pour n'en retirer qu'un peu d'écume. Il ne lui avait parlé de rien, mais elle savait. Elle s'inquiétait. Bonbon, qui avait sans doute laissé passer l'attaque cachée sous un buisson, venait de rentrer. Son collier était vide.

Ils entendirent encore quelques lointaines sirènes au cours de la journée. Plusieurs patrouilles passèrent devant leur fenêtre, et firent des rondes désormais inutiles. Les environs restèrent tranquilles. Un calme qui rendait plus insupportables encore l'ignorance et les tourments d'Armelle.

En fin d'après-midi, à l'heure de la sortie, ils croisèrent Columbo qui fumait sur le parking. Rejetant sa tête en arrière, l'œil de travers, la clope à la main, elle leur annonça : « Un gosse est mort. Sa moto est allée s'écraser contre un camion de livraison qui sortait du supermarché. Il allait trop vite pour essayer de semer les flics. »

Chapitre 21

Toute la famille reçut un choc. Malo, tournant dans les jambes des grands, le nez en l'air pour accrocher le visage des adultes, répétait de sa petite voix aiguë : « Qui est mort ? Qui c'est qu'est mort ? »

Si Armelle avait vécu au temps du *Lys dans la vallée*[5], elle se serait pâmée. Là, elle se contenta de faire une sale tronche. Solange qui la voyait se décomposer – tout en ayant elle-même du mal à encaisser qu'un des agiles diablotins dont l'audace les avait fascinés le matin, ne sauterait plus jamais, ni sur la dune, ni sur les vagues – demanda à Columbo : « Quelqu'un qu'on connaît dans le quartier ? ».

« Non, répondit la voisine, un jeune du centre ville : le fils d'un artisan carreleur. Il travaillait avec son père et devait reprendre l'entreprise. Faudra trouver quelqu'un d'autre pour refaire le sol de la pharmacie. Par contre je vous parie que le curé en profitera pour rénover la sacristie. Il paiera le père en messes pour le salut du petit. »

(5) Roman de Balzac

Armelle avala sa salive. Désolée de la mort du garçon, elle devait bien s'avouer, malgré sa mauvaise conscience, qu'elle était soulagée. Mais où était Alexandre ?

Plus personne n'avait envie de jouer. Mais personne ne voulait rentrer non plus. Les enfants allèrent s'asseoir à l'ombre des arbres en bordure de parking, sur les plots en béton qui barraient aux véhicules l'accès à un chemin piétonnier. Tarek, faussement gai, proposa de jouer à un, deux, trois, soleil, puis laissa tomber. Au bout de l'heure, les garçons rentrèrent se doucher sans protester, et Armelle mit le couvert sans qu'on le lui demande. Solange accommoda des restes en salades, accompagnées de fromage et de pain décongelé. Malo ne comprenait pas trop. Il ne réalisait pas bien le sens des mots. Il savait juste que l'ambiance n'y était pas ce soir-là pour faire des caprices ni réclamer un dessin animé.

Solange mangea peu. Rien ne passait. Elle fit bonne figure et accomplit avec naturel et calme ses corvées du soir, jusqu'à ce que les enfants soient couchés. Après elle s'assit. Elle se sentait épuisée. Depuis le salon, elle entendait Armelle, Hélias et Malo qui chuchotaient. Contrairement à ses habitudes, elle ne les gronda pas. Parler les aiderait à évacuer. Bonbon s'installa sur ses genoux. Tarek, cherchait sur Internet des traces de l'accident mortel. Les différents moteurs de recherche et les sites des grands journaux en ligne étaient muets sur le sujet. Rien. Columbo n'avait pourtant pas menti. La voisine du 11 l'avait confirmé à sa manière en criant sa déception de ne plus avoir personne sur qui compter pour recarreler autour de sa baignoire. Ils l'avaient entendue qui pestait contre ces jeunes imbéciles qui faisaient les cons et mourraient sans honorer leurs engagements, prenant à témoin, de fenêtre ouverte à fenêtre ouverte, le petit monsieur chauve du numéro 13.

Solange se sentait revenue cinq ou dix ans en arrière, quand elle enseignait pour de vrai dans les quartiers délaissés. Combien d'enfants blessés ou morts durant ces années ? La plupart du temps heureusement, ils s'en sortaient. Solange avec ses enfants s'inquiétait de tout : des rues à traverser, des fenêtres ouvertes sur le vide, des prises électriques, des coins de table, de la baignoire, des couteaux, des casseroles, du vélo, des trottinettes, des toboggans et des ballons lancés trop fort en plein visage. Elle les imaginait se fendant le crâne en tombant du lit la nuit et s'étouffant avec une sucette au goûter ou avec une cacahuète avant de dîner. Le cocon dans lequel ils vivaient prenait dans ses cauchemars des allures de jungle sauvage où mille dangers planqués parmi les jouets guettaient sa vulnérable progéniture qu'un rien pouvait anéantir. Ses élèves par contre semblaient faits d'une autre étoffe. Régulièrement un mail du proviseur l'informait qu'un adolescent dans une de ses classes avait reçu un coup de marteau sur la tête, ou un coup de couteau dans le ventre, ou qu'il avait été battu et laissé pour mort sur un trottoir, ou trouvé inconscient dans une poubelle. Invariablement le mail se terminait en faisant état de légères blessures, de prompt retour à la maison et de demandes pour que les profs photocopient les cours et les envoient à la famille le temps de l'absence de l'enfant à l'école. Solange les imaginait dans leur lit, la tête et le ventre bandés, le visage tuméfié, résolvant leurs exercices de maths, comme si de rien n'était, sur un plateau télé. Pouvait-on les casser et les recoller sans séquelles ? Rien pour eux n'était-il jamais grave ? Se poignardaient-ils comme d'autres se donnaient des coups de pieds en cour de récré ? Quelques uns étaient morts. Pas toujours des élèves : des amis, des frères, dont les drames avaient nourri d'infinies représailles que les adolescents taisaient à leurs parents pour ne pas les inquiéter. Des enfants qui avaient été témoins de morts violentes dans la rue n'en parlaient pas pour protéger papa et maman : les vieux se feraient trop de souci et ne comprendraient pas. Solange n'avait jamais vu de personnes mortes. Solange craignait pour sa famille les piqûres de guêpes et les steaks hachés mal cuits. En face d'elle, des lycéens avaient vu des blessures par balles, des passages à tabac, des blessés abandonnés là. Sur le parvis du lycée, parfois en fin de journée, les règlements de comptes prenaient la forme d'affrontements éclairs entre bandes ennemies, organisées, se déplaçant avec célérité, encapuchonnées, armées de battes et de marteaux. Tout allait vite, avant l'arrivée des flics. Les élèves qui avaient la chance d'être neutres ne s'enfuyaient pas : ils restaient au spectacle. Il était inutile d'en parler : ces bagarres anodines d'où le meurtre n'était jamais bien loin, ne faisaient couler ni larmes ni encre. Ces adolescents n'étaient-ils pas, à leurs risques et périls – ainsi qu'à ceux des passants innocents – laissés sans surveillance dans la rue par leurs parents ? Démissionnaires. On ne se demandait pas pourquoi les parents étaient absents, travailleurs aux horaires décalés, ou adultes pauvres dépossédés de leur autorité sur des enfants dans un monde où l'argent décidait du respect et de la légitimité. On oubliait l'influence du quartier sur les familles, ou on préférait ne pas la voir : les racailles s'entretuaient chez eux et c'était bien fait.

Pendant un moment, on avait entendu parler aux informations nationales des mécanismes d'agressions entre bandes rivales dans les banlieues : des jeunes s'étaient assassinés ou suicidés dans des quartiers tranquilles où se croyaient à l'abri de paisibles classes moyennes bien intégrées et actives. L'opinion s'était émue de ces vies toutes neuves et déjà foutues : morts et meurtriers avaient tout perdu. On plaignait les parents, on cherchait des explications : réseaux sociaux, films violents, désœuvrement. On apprenait que pour certaines générations une adresse postale était une condamnation : cité contre cité, rue contre rue, sans autres raisons que le lieu du domicile, des guerres se déclenchaient. Solange avait crié à sa radio en tranchant ses patates pour un gratin dauphinois : « Mais ça fait des années que ça existe ! Où étiez-vous connards de journalistes ? Où étiez-vous pour Fouad en 2004 et pour Mohammed en 2011 ? Et pour Sirine ? Et pour Sofiane en

2016 ? » L'émotion coulait plus volontiers quand le fléau s'étendait en dehors des ghettos.

Solange, assise dans son canapé, avait la nausée.

Se souvenait-elle de jeunes, arrêtés ou blessés par des policiers ? Oui bien sûr, mais aussi pourquoi cet idiot d'élève de Seconde dont elle avait oublié le nom mais qu'elle revoyait qui s'asseyait toujours au premier rang pour sucer son pouce à 14 ans, avait-il décidé à la fin du troisième trimestre une orientation dans le cambriolage de maisons ? À un étudiant de BTS chaussés de mocassins Louboutins qui revenait en cours après deux semaines d'absence pour « voyage d'affaires », elle avait demandé si l'espérance de vie était longue dans la carrière qu'il avait choisie. Et bien sûr les convoyeurs d'argent ne savaient pas, quand ils avaient tiré, que les pistolets des deux crétins de potaches du fond de sa classe qui les braquaient, étaient des jouets en plastique.

Tarek s'énervait contre le silence des informations. Rien sur le site de la Mairie, ni sur celui de la presse locale. Pouvait-on espérer en apprendre plus le lendemain ? Les rédactions attendaient-elles un feu vert du préfet pour choisir entre une brève relatant un banal accident de la circulation, et un article sur l'efficace répression de hordes de jeunes anarchistes jouant avec la santé des populations ?

Rien n'était pire que le silence. Quel que soit l'angle éditorial Solange se demandait comment le récit pourrait juger méritée la mort d'un jeune artisan, issu d'une famille respectée, connu dans la région et travailleur, qui n'avait à se reprocher que d'avoir surfé ? Quoi qu'on dise, un symbole de bonne santé, d'insouciance et de liberté venait de s'écraser contre le pare-brise d'un véhicule de la gendarmerie.

Brisée de fatigue mais incapable de s'endormir, Solange caressait Bonbon derrière les oreilles. Sa main passait et repassait sur le collier de l'animal, vide.

Chapitre 22

Recroquevillé, mal à l'aise dans sa combinaison mouillée, Alexandre n'osait plus bouger. Un mouvement trop brusque risquait de faire osciller la voiture et d'alerter les gendarmes. Le chahut avait cessé, mais il ignorait quels observateurs, naïfs ou prédateurs, pouvaient le repérer et le trahir.

Alexandre aurait donné beaucoup pour être moins grand. Ou moins trempé. Le néoprène lui collait à la peau. L'enlever lui demanderait trop d'efforts, trop de contorsions. Le carton sur lequel il était couché en chien de fusil, absorbait l'eau salée qui s'écoulait de ses chaussons de surf. Les choses n'auraient pas dû se passer comme ça. Tout était prévu. Son VTT l'attendait appuyé contre un muret, dans le dédale des ruelles du village de vacances en arrière des immeubles, à cent mètres à peine du front de mer. C'était le meilleur endroit : abandonné de ses habitants, le fouillis de maisonnettes basses et blanches, de terrasses, de cours et d'allées, regorgeait de cachettes et d'issues vers de multiples sentiers de randonnée. Ce quartier ne pouvait pas être bouclé par quelques véhicules de police. Seulement voilà, grisé par les vagues, il s'était enfui trop tard. « Encore une », s'était-il dit, voyant au loin se former une crête qui s'ourlait déjà d'écume. Le temps de se laisser glisser jusqu'au rivage et de courir à travers la dune en direction du village balnéaire, trois cavaliers de la gendarmerie montée lui barraient déjà la route.

Il avait bifurqué vers la droite, filant derrière le bâtiment d'Armelle et s'engageant dans les parkings. Seul, Alexandre ce serait fait prendre, mais les forces de l'ordre, pourtant réactives, étaient dépassées par le nombre des fuyards. Il n'eut que quelques secondes pour saisir sa chance. Passant une haie qui le rendit un instant invisible des autorités à pied, à cheval, en voiture et en hélicoptère qui chassaient du surfeur dans toutes les directions, il se trouva devant le monospace de Solange. Alexandre savait par Armelle qui en riait, que Solange laissait désormais son véhicule ouvert avec les clés dans la boîte à gants : au cas où il faudrait se tirer vite fait – sans prendre le temps de se chamailler pour savoir qui avait mal rangé les clés – à l'annonce d'un raz de marée. Et personne dans leur communauté de réfugiés du bout de la terre, n'aurait songé à voler une voiture quand tous les déplacements étaient strictement encadrés, limités et contrôlés. Surtout une voiture verte. Sans réfléchir ni aux conséquences, ni à la faisabilité immédiate d'un tel acte, Alexandre ouvrit le coffre, s'y engouffra la tête la première et, de l'intérieur, le referma.

Les genoux dans le nez, concentré sur les battements ralentis de son cœur qui se calmait, Alexandre réfléchissait. Il n'avait pas été pris et, à l'exception d'un petit carton qui le gênait à ses pieds, le coffre était vide. Dans l'immédiat il pouvait rester là. Hélas le véhicule n'était pas verrouillé. À tâtons dans l'obscurité, le garçon chercha un truc, n'importe quoi. Sa main droite rencontra un long étui en plastique rigide : la boîte du triangle fluorescent à utiliser en cas de panne ou d'accident. Repérant le dossier central de la banquette arrière qui basculait et faisait communiquer sa cachette avec l'habitacle, Alexandre déplia lentement, en bougeant le moins possible, l'équipement réglementaire de sécurité. Priant pour que personne ne se tienne assez près du véhicule pour voir quelque chose à ce qu'il faisait, il glissa progressivement dans l'interstice du siège, le triangle de signalisation dont il avait aligné les trois côtés articulés en forme de longue règle métallique. L'œil collé au dossier légèrement incliné vers l'avant, profitant de la fente pour observer et guider l'avancée de la tige de fer vers le tableau de bord, Alexandre manœuvra assez habilement pour que le bout du triangle déplié appuie sur le bouton de verrouillage intérieur de la voiture. Un clac lui apprit qu'il avait réussi. Il se détendit : Solange ne devait pas refaire de courses avant le lundi suivant et son abri était fermé à clé.

Alexandre commençait à s'habituer à la moiteur de son vêtement, quand sa vessie lui rappela qu'il n'était pas au bout de ses ennuis. Il avait chaud et baignait déjà dans une culture tiède de sueur et d'eau de mer, mais se pisser dessus le révoltait. Il devait bien être capable d'oublier et de se retenir. Garée contre un arbre, la voiture restait heureusement, malgré l'ombre réduite du milieu de journée, un peu protégée du pire cagnard. Voilà qui lui laissait une chance de ne pas étouffer dans le coffre à plus de cinquante degrés. Le mieux était de dormir. En position fœtale, Alexandre se cala de la manière la plus confortable possible, ferma les yeux et attendit.

Des éclats de voix le tirèrent de sa somnolence. Plusieurs personnes. Assez lointaines. De l'autre côté de la haie peut-être. Venant de la route ou d'un autre parking. Une femme semblait protester. La vieille du 11 sans doute. Alexandre était sensible aux intonations, mais ne parvenait pas à deviner les mots. Dommage, il aurait aimé saisir quelques informations. La gendarmerie était-elle toujours présente ? Ses compagnons d'action avaient-ils tous pu s'enfuir ? Un ou deux cris d'enfants. Les petits frères sûrement. Il regarda le cadrant lumineux de sa montre : dix-huit heures. L'heure de sortie. La vie avait donc repris son cours. La famille ne serait certainement pas allée jouer dehors si des hommes armés continuaient à patrouiller. Il avait faim. Plus tard. On y penserait plus tard.

Quand il se réveilla vraiment, tout était silencieux et la chaleur avait un peu diminué. Aucune lumière ne filtrait de la fente au milieu de la banquette arrière. Vingt-trois heures. Alexandre avait terriblement envie d'uriner, horriblement faim, et très mal aux jambes. Cette fois, il devait bouger. Il se contorsionna en grimaçant pour se placer de manière à faire basculer complètement le siège mobile de la banquette arrière. Il rampa jusqu'aux places passagers et s'assis, avec douleur mais soulagement. Sans nuages, la nuit était sombre. Tout paraissait calme. Derrière la place du conducteur, Solange avait laissé deux packs de bouteilles d'eau de 1,5L. Alexandre déchira le plastique d'emballage, pris une bouteille et en répandit le contenu sur le tapis de sol. Il avait l'impression de vivre un florilège de scènes de séries d'espionnage : après s'être planqué dans une malle, le voilà qui pissait en planque dans une bouteille. Il faudrait faire disparaître tout ça avant que la mère d'Armelle ne découvre ce qu'il avait fait de sa précieuse réserve d'eau potable. Il songea que dans sa folie survivaliste, elle avait peut-être prévu d'autres provisions. Regardant sous la banquette, il découvrit deux sacs en plastique dont le contenu n'avait pas été touché par l'eau qu'il avait gaspillée. Ils contenaient deux serviettes de toilette ultrafines en microfibre, ainsi que cinq tenues complètes de sport légères de tailles échelonnées : une pour chaque membre de la famille. Il choisit le tas de fringues destinées vraisemblablement à Tarek, se sécha et se changea enfin. Une couverture était pliée sous le fauteuil avant droit, à côté de quelques petites boîtes de pâtées pour chat. Il n'était pas encore assez désespéré pour avaler les provisions de Bonbon, mais la couverture et les serviettes absorbantes pourraient améliorer la fin de sa nuit dans le coffre. Pas question de rester beaucoup plus longtemps à découvert dans l'habitacle. Il roula et cacha sa combinaison humide là où il avait trouvé les étoffes, et il s'installa une couchette propre. Il en profita aussi pour examiner à la lueur du cadran de sa montre, l'intérieur du carton qui lui était rentré toute la journée dans les mollets. Joie : il venait de trouver les rations de survie. On n'était plus à un quart d'heure près. Il choisit deux salades de thon en conserve et un paquet de galettes de riz pour manger confortablement assis à l'avant. Un moment il fut tenté : il avait les clés dans la boîte à gants. Il aurait pu démarrer et partir, abandonner la voiture dans les marais, rentrer chez lui à pied. Il pouvait aussi mettre le contact pour écouter la radio. Parlait-on d'eux aux informations ? Il n'osait pas. Les phares pouvaient s'allumer. On le verrait. Il y aurait une enquête, sur la voiture, sur ses propriétaires, sur Armelle. On les ennuierait, on remonterait jusqu'à lui, et pire, jusqu'à leurs pères, leurs articles, le journal, leur réseau. Il se contenta d'ouvrir très doucement, puis de refermer et de reverrouiller, la portière avant, celle opposée aux regards des immeubles, pour renouveler l'air et faire entrer la fraîcheur nocturne.

Il était à l'abri et sa situation, au sec, sa vessie vide et son ventre plein, s'était considérablement améliorée. Il ne pouvait pas prendre de risques sur un coup de tête. Ses parents devaient s'inquiéter. Le mieux était de trouver un moyen de rejoindre son père comme si de rien n'était sur la plage le lendemain. Il ferait semblant d'arriver avec lui pour travailler. Hélas la marée ne serait basse que l'après-midi. Comment sortir de la voiture en plein jour ? Et s'il sortait maintenant, où être sûr d'attendre sans être vu ?

À mesure qu'il dévorait, pourtant, son optimisme revenait. La nuit venait de lui donner de la nourriture, un survêtement et des couvertures. Le matin lui offrirait peut-être d'autres opportunités. Rassemblant ses déchets hors de la vue de possibles passants, Alexandre retourna dans le coffre et s'installa aussi confortablement qu'il le pu, gardant à portée de main une bouteille vide, une bouteille pleine, deux paquets de galettes bretonnes, une boîte de barres de céréales aux fruits et un tube de lait concentré sucré.

Rassasié, rassuré par le silence, il se rendormit.

Chapitre 23

Au matin, Alexandre n'eut pas le temps de beaucoup s'interroger. Les ronflements tout proches de la débroussailleuse sans fil du voisin du numéro 13 le tirèrent de son sommeil. Coincé, courbaturé, Alexandre pestait contre cet habitant gênant dont la présence lui ôtait tout espoir de se glisser discrètement hors de son abri.

Il n'imaginait pas que le jardinier amateur, après avoir occupé sa nuit blanche à l'élaboration de mille dialogues et stratagèmes, s'apprêtait à jouer sa grande scène. Coupant son moteur il déclama, haut et clair comme il l'avait peut-être fait six décennies plus tôt au spectacle de fin d'année de l'école : « Le salut mon ami, comme il fait bon tailler. Avant l'heure de midi, j'aurai fini la haie. Et je vous le disais, tantôt par téléphone. J'aurais besoin vit' fait, d'engrais pour géraniums. »

La voix qui répondit à la tirade de l'apprenti comédien exterminateur d'herbes folles, plus naturelle, était celle du goémonier. Dieu soit loué !!! Alexandre se détendit, brusquement soulagé, pour sursauter quelques secondes plus tard sous le fracas et les vibrations de coups frappés contre le coffre. Le voisin flattait la voiture de claques bien senties sur la lunette arrière. « Mais je vous vois distrait, compère goémonier. Par le curieux aspect, de cett' voiture carrée. Sachez donc qu'un tel coffre, est utile aux parents. Ses dimensions leur offrent, à eux et aux enfants. De loger les bagages, et les trucs importants. Et c'est un avantage, d'y mettr' un éléphant. Qui n'aurait pas déplu, à ALEXANDR' le Grand. »

Le voisin avait craqué, ou il avait sniffé trop de graminées. Peu importait : le goémonier avait compris, et Alexandre qui pour l'instant souffrait d'être trop GRAND, aussi. Son père semblait guilleret et répondit qu'il lui enverrait son fils avec un sac d'algues pourries sur le parking avant qu'il ait fini. Pour le moment, il devait aller s'entretenir avec les gendarmes qu'il voyait non loin patrouiller, pour s'assurer de son droit d'aller sur la plage travailler. Il ne servait donc à rien de se presser, et le voisin annonça bien fort qu'il posait sa débroussailleuse pour aller s'entretenir avec une amie, distante bien sûr des mètres règlementaires. Il la voyait justement qui observait depuis sa cuisine une équipe de gendarmes aux aguets. N'était-ce pas rassurant de se sentir ainsi protégés par tant de représentants de l'ordre qui resteraient là, entre la mer, les immeubles et le parking, toute la journée ?

Résigné à ne pas bouger, Alexandre entama son tube de lait concentré sucré et déchira avec ses dents l'emballage d'une barre de céréales. Il n'entendait plus rien des manœuvres théâtrales du voisin d'habitude discret, qui là, semblait décidé à mener la revue.

Trottinant vers les logements, le petit vieux avait repéré Columbo qui fumait, penchée à sa fenêtre. Faussement inquiet, il l'interpella d'en bas pour lui demander si elle savait, elle qui était si bien informée, pourquoi une poubelle avait été renversée dans la rampe d'accès au garage souterrain de la résidence d'à côté. Croyait-elle qu'il pouvait s'agir de chats ? Fallait-il craindre pire ? Un squat ? Serait-il bienvenu d'en informer les autorités ?

Columbo cligna d'un œil, rejeta sa tête en arrière, et sa bouche fut agitée d'un tic qui pouvait passer pour un sourire. Qu'elle y crut ou non, la poubelle pouvait faire une bonne histoire. Mais bien sûr qu'il fallait s'en inquiéter, n'avait-elle d'ailleurs pas vu des lumières de lampes torches danser la nuit dernière au fond de cette rampe d'accès ?

La voisine du 11, à ces mots, sortit un visage masqué de derrière ses rideaux. Voilà qui ne pouvait que trahir encore la présence de filous. Les pires de la bande des surfeurs et des véliplanchistes n'avaient pas encore été mis sous les verrous. Il était clair qu'un brave carreleur qui aurait dû refaire l'entourage de sa baignoire la semaine suivante, un garçon sérieux issu de la région, ne pouvait qu'avoir été mal influencé par de dangereux délinquants étrangers qu'il fallait absolument appréhender. Et où auraient-ils pu aller, ces fourbes, ailleurs que dans les sous-sols du quartier ? Voilà qui devait bien leur rappeler les caves et les égouts de leurs cités. Ils s'étaient même certainement nourris dans la poubelle et avaient, par les détritus répandus, forcément attiré des rats et autres nuisibles qu'il faudrait maintenant chasser pendant des mois.

Les deux commères qui, les autres jours, ne s'appréciaient guère, décidèrent donc de faire cause commune, et sortirent à la rencontre des gendarmes. Columbo avait pris le temps de s'étaler un peu de rouge à lèvres de travers, et un trait d'eye liner surlignait ses yeux dont les paupières palpitaient. Elles prirent à elles deux, en tenailles, le groupe de gendarmes le plus proche.

La réaction chimique avait démarré : il suffisait de la laisser évoluer. Le voisin du 11 revint à sa débroussailleuse tandis que les deux femmes rivalisaient d'adjectifs superlatifs pour décrire le danger qui les menaçait depuis le garage souterrain. De loin, il ne comprenait pas tout, mais il les voyait agiter les mains, et il se marrait un peu en coin. L'air de rien, il appuya son dos contre la voiture de Solange, alluma une cigarette, et, enfin tranquille, parla tout doucement, comme s'il s'adressait aux arbres : « J'ai tout vu hier. Je sais que tu es dans le coffre mon garçon. Ton père est au courant. On va te sortir de là. Sois encore un peu patient. » Et d'ajouter sur le ton de l'espionnage : « Si tu as compris, frappe deux coups. » Ce que fit Alexandre avec son pied, question de s'étirer.

Satisfait, aspirant une bouffée, le voisin remarqua tout haut : « Pour une fois que ces deux peaux de vaches vont être utiles à quelque chose… »

Là-bas, c'était maintenant le branle-bas de combat. Toutes les patrouilles des environs avaient été appelées par radio. Elles s'équipaient de gilets par balles, lustraient leurs matraques et se préparaient à l'assaut de la poubelle renversée. Au signal, elles se dirigèrent toutes vers le parking, forcèrent sans peine la porte que l'abandon avait déjà bien déglinguée, et s'engouffrèrent dans le sous-sol, attirant tous les regards et vidant du même coup de tous les militaires les abords des résidences et des parkings.

« Sors vite de là », ordonna le vieux. Alexandre, utilisant la trappe entre le coffre et l'habitacle, rampa vite sur la banquette arrière, déverrouilla le véhicule, et sortit comme si de rien n'était. Il était bien un peu décoiffé et un peu mal fringué, mais le voisin lui colla immédiatement dans les bras une grande poubelle de jardin en plastique noir, remplie d'algues en décomposition. Pas de quoi trouver étrange qu'Alexandre ne porte pas un costume de bal.

Rassemblés à la fenêtre, les membres de la famille d'Armelle virent donc sortir bredouilles mais poussiéreux, une armée de gendarmes dépités, et Tarek pu apprécier la vision d'un

Alexandre vêtu de son plus beau T-shirt « Super papa ». Armelle était rassurée et Alexandre souriait en se dirigeant vers la plage pour travailler, ou pour buller devant la mer après sa mauvaise nuit. Il avait le sentiment que la belle vague ourlée d'écume lui avait coûté cher, mais il ne regrettait rien.

Il marchait vers son père, ignorant des mauvaises nouvelles qui l'attendaient. Leur manifestation, pourtant bien inoffensive, de liberté avait très mal tourné.

Épilogue

Le raz-de-marée que Solange craignait, n'arriva pas. Du moins, pas un tsunami d'eau salée.

La vague qui étouffa brutalement Alexandre quand il apprit sur la plage, sous un soleil indifférent et magnifique, la mort de son ami, monta lentement dans le reste du pays.

Les premiers jours, on n'en parla pas. Un banal accident de la route lors d'une coupable mais rare entorse au confinement. À peine une brève aux informations pour le gouvernement qui pensait balayer cette poussière sous le tapis des incivilités juridiques et médicales du week-end pascal.

Tarek, Solange et le goémonier en firent un article qui, de leur propre et défaitiste aveu, aurait dû mourir dans le silence de quelques rares boîtes aux lettres. L'accident avait eu lieu à la campagne, sans témoins, au bout du continent, là où il ne pouvait toucher que quelques habitants isolés. La résignation aurait dû gagner.

La rumeur pourtant, portée sur la crête d'une vague naissante, gagna du terrain. Le pauvre article écrit pour le principe mais sans y croire, passa de main en main, fut photographié, envoyé, transféré, commenté, liké. Des amis et des parents parlèrent, cherchant le soulagement dans le partage au point d'en oublier le flicage des réseaux sociaux. Que pouvaient bien leur faire d'être surveillés quand le pire leur était déjà arrivé ?

L'histoire se propagea. Elle quitta le littoral et la campagne pour gagner la capitale et toutes les villes rencontrées sur le chemin. Les routiers et les livreurs la transportèrent d'une aire d'autoroute à l'autre, et bientôt elle toucha tout le pays.

La fin du jeune surfeur émut tous les âges et tous les milieux. Il était le fils des uns, le cousin des autres, un ami, un frère, un enfant. Il était le semblable des jeunes tant ruraux que citadins, une victime de l'autorité armée, sportif et plein de vie, tombé sans l'avoir mérité pour une blague qui n'appelait pas la condamnation à mort. Il avait bravé la loi sanitaire, mais aucune bonne âme n'avait réussi à le classer parmi la racaille des trafiquants drogués qui ne recevaient que ce qu'ils avaient bien cherché. Le jeune artisan était sérieux, utile et méritant. Dans tous les salons clos, dans toutes les cuisines, on soupirait, « misquine », « le pauvre ». La pitié exprimée au début du dîner ne s'évanouissait pas au dessert. Le jeune homme appelait toutes les sympathies, était membre de toutes les familles, riches ou pauvres, révolutionnaires ou conservatrices, musulmanes, athées ou catholiques. Il était mort, pour rien.

Des voix s'élevèrent alors pour compter les rares victimes récentes des covids et de ses variants. On les mit face aux témoignages qui sortaient, soudain nombreux, de parents d'adolescents déprimés, brisés, asociaux, phobiques et suicidaires qui vivaient reclus, allongés, pris en sandwich entre un matelas et un écran. Le surfeur tragiquement arrêté dans son survol de la vague par un véhicule de patrouille, devint le symbole de cette liberté perdue qui soudain commençait à manquer. On se souvint de l'air salin, du sable, des embruns, des promenades en forêt, de la marche et du sport en liberté.

Les consciences, brusquement déjavellisées, se réveillaient.

Quelques jours plus tard, les premières manifestations s'organisèrent. Elles n'explosèrent pas comme les émeutes de 2005 à Clichy-sous-bois, mais comme elles, elles gagnèrent tout le pays. Des collectifs se créèrent qui s'exprimèrent selon leur sensibilité en célébrant des messes ou en cassant des abribus. Dans un grand pas en avant, certains oublièrent l'interdiction des rassemblements pour appeler à des marches blanches qui durèrent plus d'une heure et rassemblèrent des gens sur plus d'un kilomètre.

Le verrou avait sauté. Les préfets, débordés, paniquaient. Trois semaines plus tard, des défilés non autorisés renaissaient dans toutes les villes. Les manifestants, aveuglés par la lumière du printemps, ne savaient plus vraiment contre qui, ni pour quoi ils manifestaient. Certains, simplement, se retrouvaient, amis, familles, perdus depuis longtemps, et se tombaient dans les bras au milieu des banderoles, des opportunistes vendeurs de merguez et des casseroles qu'on frappait en criant.

La violence s'invita, contenue depuis longtemps, elle explosa par endroits. Des nostalgiques s'habillèrent en jaune, se coiffèrent en rouge ou s'encagoulèrent en noir.

Le 1er mai 2024 devait frapper un grand coup. De partout le mot d'ordre fut lancé de gagner la côte et de se regrouper sur la plage qui avait vu naître la contestation, désormais légendaire, des surfeurs. Aucun barrage routier ne put contenir le flot des véhicules qui vint se garer en masse au pied des immeubles où vivait Armelle. En quelques heures une foule se pressa, comme au temps des 14 juillet d'avant les confinements, dans les parkings, sur le remblai et sur la plage qui étaient, la veille encore, déserts.

Armelle sortit, Alexandre était là aussi, incrédule, sonné devant les conséquences de la sortie en mer qu'avec ses amis ils avaient, un mois plus tôt, organisée. Son groupe d'adolescents était là également, sous la fenêtre où se tenaient Solange, Tarek et les garçons, hésitant entre l'envie de se faire connaître comme les précurseurs, et celle de rester en retrait, dépassés depuis longtemps par leur geste et par leur tristesse. Fallait-il être fiers ou regretter ?

La manifestation qui grossissait sans ordre ni mot d'ordre, avait fait tomber les barrières vers la mer, et les gens semblaient ne plus savoir s'ils devaient exprimer leur colère, ou leur bonheur d'être là, dans ce paysage que beaucoup pensaient ne plus jamais revoir. Des black blocs marchaient vite et droits, armés de gourdins mais oublieux de lancer les lourdes bouteilles en verre qu'ils avaient glissé dans leurs poches. Certains avaient retiré leurs doc martens et remonté leurs jeans pour courir baigner leurs mollets poilus et blancs. D'autres avançaient, avides d'aller loin, sans même bousculer une vieille qui avait maquillé de slogans son fauteuil roulant. La foule de ce jour avait délaissé les parasols et les cerfs volants d'autrefois pour promener des drapeaux rouges, des drapeaux français, des drapeaux basques, des drapeaux bretons, des drapeaux royalistes. Un jardinier breton pauvre d'immeuble parisien riche, passait en discutant avec un ingénieur qui manifestait pour retrouver le droit d'aller rendre visite à son père. Un sociologue, docteur en casseurs et en mouvements sociaux humait l'air de la mer en faisant un cours – pas en visio enfin – à de calmes mères de famille qui disaient être là pour que la dictature n'y vienne pas. Une fanfare – saxos, sax ténors, trompettes et trombone – accompagnait les montures mécaniques rugissantes de motards à l'arrêt le long de la piste cyclable, tandis que des curés en soutane et sandales, le rosaire à la ceinture marquant le pas, côtoyaient des syndicalistes et des militants d'extrême gauche.

Les gendarmes postés sur la dune observaient la marée humaine qui déciderait peut-être, par sa mobilisation, de leur avenir et de nouvelles lois. Des journalistes filmaient les badauds, les touristes, les convaincus et les membres des services d'ordre de la CGT qui chantaient ensemble et s'échangeaient des tracts et des pancartes.

Armelle, tournant la tête pour guetter un signe d'approbation de ses parents, saisit la main d'Alexandre et l'entraîna dans le cortège. Viendrait peut-être le temps de la victoire ou de la répression. Peut-être ce mouvement serait-il le départ d'une libération ou d'une lutte difficile et d'autres restrictions. Ni le sociologue, ni la dame en fauteuil roulant, ni Columbo, ni les curées, ni même les gendarmes ne le savaient. Mais ce jour-là au moins, ils allaient marcher, s'exprimer, chanter et voir l'océan de près.

Après des mois, un mouvement naissait.

Achevé en **Juin 2022**